Tillägnad Per Oscarsson

Jens Daniel Burman

Arnes stege

Roman

Fotografi och formgivning: Eva Q Månsson

Förlag: BoD – Books on Demand, Stockholm, Sverige
Tryck: BoD – Books on Demand, Norderstedt, Tyskland

ISBN: 978-91-7969-265-0

Det var en helt vanlig dag. Fönstret i kammaren stod på glänt. Gardinerna rörde sig i vinddraget. Tapeterna med de gröna medaljongerna tycktes gunga och komma närmare. Det var i den stunden, precis efter orden hon viskat i örat på honom, som hon dog.

ETT

Ett skevt torp. En stege lutad mot väggen. I brevlådan, reklam. Allt är nedgånget. Ingen utflyktsort.

Snön låg metertjock, böljande snövallar har blåst upp mot väggarna och allting inbäddat i vintertystnad. Skogsdunkel. Sjön. Månen drog fram över glittrande skare och spetsiga istappar.

Det hände under de långa vinterhalvåren att den gamle blev kvar i soffan. Han låg som en död. Ansiktet håglöst, färglöst, gapande mun. På sig hade han sitt underställ, en rutig flanellskjorta, en stickad kofta. Ovanpå alltihop Helmis röda täckjacka och sin grå, virkade mössa. På underkroppen hade han två par långkalsonger, på fötterna tjocksockorna. Över det, bredde han på sig ett lapptäcke och ett fårskinn. Intill sig hade han en stor vas med färgglatt mönster som han pressade mot famnen likt ett knyte som värmde och ammade hans bröst. Det knäppte märkvärdigt i väggarna. Blodet susade och dagarna gick.

Det hände att han steg upp och eldade i järnspisen. Hämtade en famn ved. Åt några tuggor av soppan eller skorporna, eller chokladpuddingen. Släppte in katten som blivit gammal och luttrad, och som på senare tid fått en mörk och slö stämma. Den fick mat i skålen på köksbänken, låg en stund och ville ut igen.

Ljudlöst kunde han stå och väga i sina tofflor och kika ut genom fönstren. Spana efter vår. Se mot vinterskogen och skatan som byggde bo i björken i trädgården.

Han kröp tillbaka under täcket och fårskinnet som var svart och luktade får. Såg upp i det pappspända innertaket. På den stora fuktfläcken som hade blommat ut i lager på lager av mörkt vått mögel. Hörde klockan slå. Drömde om vintern och försökte göra sig så liten som möjligt. Ville tränga in i täckjackan, in i fodret. Han var omåttligt rädd för kylan.

Elden fladdrade, slocknade och blossade upp på nytt.

Och medan han tänkte hörde han ett ensligt jamande utifrån, genom lager på lager av is, blå och virvlande snö. Han tänkte på hur det snart skulle kläckas ett halvdussin långa och vitgröna ägg. På hur boet skulle fyllas med skrynkliga skatungar som skulle gapa och skrika efter mat.

Så hände det att han vaknade en morgon av ett mullrande tak. Stora isklumpar föll utanför fönstret. Hårda takdropp blandades med talgoxars och nötväckors envetna stämmor. Solen värmde genom fönstret mot hans bleka ansikte. Det andades vår och det var hög tid att välja om han skulle börja leva en smula. Ett tag till.

Vår

"Blir det svart eller blir det ..."

T V Å

Det var inte ofta den gamle hade anledning att gå ut i trädgården. Den här kvällen var det annorlunda.

Han tog stöd mot spaden. Katten var död och behövde begravas. Den hade varit stor och tuff, en riktig vilde som jagat ekorrar och skrämt upp skator. Det var svårt att förstå att den inte skulle vakna mer. Det hade varit Helmis katt. Hennes älskling, hennes allt. Hon hade kallat den Kissan. Han hade kallat den Lusen. Den låg i en liten resväska av brun papp. Med ögonen stängda och ena tanden utanför, såg den ut att sova.

Marken låg bar och mörk, nästan svart som den tunna isen på sjön. Tjälen hade börjat gå ur jorden men spaden slog gång på gång mot stenar och rötter när han grävde. Han vred loss spaden och karvade upp en sorglig liten grop. Sträckte sig efter den livlösa krabaten och lyfte upp den, men bara lite grann, så han kunde känna pälsen mellan fingrarna och den kalla kroppen inunder. Kände att det lilla men stora hjärtat var stilla som en juvel. Han gav katten en puss på den kalla nosen, innan han lade tillbaka honom i resväskan som han stängde och placerade i det grävda hålet.

Han vred bort huvudet medan han grävde tillbaka jorden. En smal sträng av saliv rann från mungipan men han märkte det inte. Inte heller märkte han att handen blödde eller att temperaturen sjunkit snabbt mot kvällen.

När han var klar hade han begravt en bit av sig själv.

Han stod kvar vid kattgraven och höll upp handen framför sig. De bleka, förmultnade växtdelarna på marken hade nästan samma ton som huden i handflatan. Handen skulle försvinna som genom ett trolleri om han lade den mot marken.

Han lyssnade noga.

Vinden strök förbi och susade i öronen. Det var en speciell tystnad i dalen, en beklämmande, gravkistas tystnad. Dröjande vårvindar svepte fram över det spröda fjolårsgräset, rasslade till i det torra hallonsnåret, snurrade runt bland björkarnas kala grenar och fångades upp av granarnas sträva barr. Trädgården var en skuggig plats omgärdad av vattensjuka diken. I skogsmörkret lyste kvarliggande snödrivor som kuddar och täcken, obäddade under granarna. Dagen hade varit varm, upp till tio grader. Smältvatten hade runnit i tysta strilar. Bäckar och diken hade börjat porla. En trumpetande tranflock hade siktats på himlen med halsar sträckta mot norr.

Den gamle kunde se in i torpet som liknade ett stilla upplyst skåp. Lampan över köksbordet, en skomakarlampa med med en virkad liten duk över skärmen, hängde en aning snett, det hade den gjort i åratal. Spetsgardinerna som en gång varit vita och släta syntes som slaktade spöken i köksfönstret. Hela hans liv fanns där inne. Allt var välbekant, men ändå, utifrån mörkret där han stod kunde det lika gärna vara någon annans liv, någon annans hem.

Torpet var utkylt när han kom tillbaka. Den gamle öppnade ugnsluckan på järnspisen och stoppade in en stor vedklamp, sur så det visslade. Han sneglade mot vedlåren som nästan var tom. Tänkte att han skulle bli tvungen att hämta in mer. Björkveden låg huller om buller ute i vedboden. Det hade börjat glesna i högen och skulle snart ta slut. Han brukade plocka så nära öppningen som möjligt och fylla fjärdedelen av korgen så han orkade bära in.

Det värkte och molade i ryggen när han satte sig tillrätta invid spisöppningen. Han kurade ihop sig och gruvade sig inför natten.

Dagen måste smältas. Livet måste smältas.

En mörk sugande ton hördes från skorstenshålet. Kvällen ville in.

Han tänkte på finbräderna som stod längst inne i vedboden. De hade han sparat till kistan han skulle snickra ihop.

I torpet fanns en kammare och ett kök och en liten inglasad förstuga. Det fanns en trygghet där som den gamle inte kunde föreställa sig att det kunde finnas någon annanstans i hela världen. Det skulle höras hur han hasade fram över golvet, och hur dörren till kammaren öppnades med en suck och fjädrarna klämdes ihop när han satte sig tillrätta i sängen, långt efter hans död.

Precis som med Helmi.

Helmis röst fanns kvar, hennes steg, hostningar och tinglanden och pinglanden med stickorna. Allt i hemmet påminde om henne. Hon fanns kvar i tapeternas mönster, kvar när solen spelade i hennes glasögon på nattduksbordet, kvar i allt det vackra han kunde komma att tänka på.

Som ett nynnande över rummet.

På nätterna tyckte han sig höra henne gå omkring. Ibland kunde stegen tystna mitt på golvet, som för att stanna och övervaka honom. Ibland var hon bara en närvaro utan ljud som om hon visste att han visste och inte behövde göra sig påmind.

Förr om åren hade det alltid stått blommor i fönstren, Flitiga Lisa, Pelargoner, Porslinsblommor. Nu var det bara krukorna kvar.

Fönstren var tomma. Hon undrade nog.

Ibland kunde den gamle känna att han redan var död. Att han bara hängde kvar medan dagarna fortsatte. Men han var inte rädd för döden. Han var rädd för kylan och ensamheten, långtråkigheten och kroppens förfall. Han var rädd att någon skulle stiga in i hans torp efter hans död och bedöma hela hans liv genom hans kantstötta porslin, hans luggslitna möbler, hans utnötta kläder, hans håriga näsa och öron, hans oklippta naglar och hans skitiga kalsonger.

På kvällarna tycktes skuggorna djupna och lägga sig under möblerna. Tränga in i alla vinklar och vrår. När han gick genom rummen, vaken eller sovande, kom han från ett mörker till ett annat.

Om det inte blev svart? Vad blev det då?

Tankar om döden kom oftast på kvällen. Kanske var det i samband med kvällsmörkret. Att aldrig mer se dagens ljus.

Att allting blev svart...

Tonen

hade kommit som en ömsint viskning

en mun mot örat

med tiden hade den blivit kvar

växt fast i hörselgångarna

följt sinnesstämningen

ängsligt, sömnigt, högstämt, plågat, ohindrat

Under vinterhalvåret hade den legat dämpad som en snäcka begravd
under snö. När våren kom växte den långsamt som en besatthet.
Öppnade en dörr mot ett annat landskap.

Tre år tidigare – Helmis död

Fönstret i kammaren står på glänt. Gardinerna som rör sig en aning i vinddraget, stannar till. Det vackra fågelkvittret tycks komma inifrån själva rummet.

Han sitter intill henne på sängkanten och kramar hennes hand och hon klämmer tillbaka. Starka och rynkiga, mjuka och varma händer. Han ser på henne och oroas. Hennes ansikte visar ett stelnat lugn. Huden är blek, håret visset. Hon anstränger sig för att le. Tittar på honom men ändå inte, hennes ögon håller på att släckas. Men han ser något annat. För honom är ögonen fortfarande unga och friska, vackra som två ljus. De fyller honom med värme.

Hon är klädd i grön nattrock och är till hälften täckt av ett täcke och ett virkat överkast. Ovanpå ligger katten med kroppen hoprullad som en kanelbulle, och med ena huggtanden synlig i mungipan. Den sover. Ibland sträcker den ut en tass i vädret, gäspar och tittar sig omkring med grumliga ögon. Det räcker att hon lägger en hand på den varma pälsen för att hon ska känna att den är kvar. Den spinner. Hon vet att hon inte behöver säga något. Katten förstår ändå. Den har legat hos henne nästan oavbrutet sedan hon blev sämre.

Hon är nog glad att fönstret står på glänt, kanske känner hon också precis som han hur den friska morgonluften drar genom rummet.

Det gamla paret säger ingenting i onödan. Det räcker med att vara intill varandra och låta tankarna vandra var och en för sig. Men det är svårt för honom att låta bli att tänka på vad som kan röra sig i hennes huvud.

Hennes blick söker sig till fönstret och dess dallrande glasskiva. Vad finns därute som tar all hennes uppmärksamhet? Är det träden eller himlen, eller de blinkande löven? Är det solkatterna?

Trädskuggor rör sig i vackra slängar över väggarna. Tapeterna med de gröna medaljongerna tycks gunga, komma närmare, bli levande. På nattduksbordet står en vas med luktärter som hon är så förtjust i. Varje fläkt drar med en doft av blommorna.

Hon försöker att sätta sig upp, kämpar med armbågarna och kniper ihop med ögonen, blinkar fram tårar. Hon är tjurig till tusen. Hennes näsvingar rör sig och vitnar. Hon sträcker på halsen för att säga något.

Hennes ord ... Han hör inte vad hon säger. Hon får viska igen. Han ruskar sakta på huvudet och ser på henne, lutar sig så nära att den viskande rösten tränger in som andetag i örat. Först nu vänder han sig mot fönstret. Ett par fåglar flyger precis förbi så deras skuggor far fram över tapeten. De flimrande löven i äppelträdet stannar en stund innan nästa vindpust får fatt i dem.

Han lägger sig ner på sängen bredvid henne och placerar en arm runt hennes midja. Hennes ord är kvar i hans öra. Han vet inte hur länge han ska ligga kvar. Det blir svårt att kliva upp igen, nu när Helmi är borta.

"Man skulle kanske skriva ett brev. Ett brev om hur man har det, som skulle täcka det mesta, om livet, om ... allt." Brevpappret låg i lådan i köket, stiftpennorna och kuverten likaså.

Det var midnatt. Pendeln gick på köksklockan.

Den gamle satt framför spisen medan tankarna vandrade. Han viskade några ord för sig själv. På stora frågor finns inget tak. Det svindlade då han försökte begripa hur saker och ting hängde samman. Han vände på en vedpinne. Snoret rann men han torkade inte bort det, istället stirrade han in i glöden. Den snorblöta överläppen var bara en del i allt elände.

Det var inte mycket liv i honom. Liv var en bortglömd känsla. Något som hade domnat bort med åren. Domnat bort som en blåfrusen stortå.

En räv skrek i natten, kanske kände den sig också ensam. Själens ensamhet ilade som tandvärk i skelettet.

Några kvällar tidigare hade han råkat välta ner den stora vasen från byrån så den gått i tusen bitar. Han hade tagit fram sop och skyffel. Sedan hade han borstat ihop en fin hög och letat fram en lagom stor plastbytta där han kunde fösa ner allt. Skärvorna blandades med Helmis aska som funnits i vasen. De grälla färgerna blandades med det gråvita pulvret. Återstoden av en människa som levat sitt liv som en uppflammande eld, dansande, kämpande och brännande vacker för att sedan släckas av ålderdom och dö. Helmi.

I kammaren ville han inte längre vara. Efter Helmis död sov han i utdragssoffan i köket. Han använde tre kuddar så att han skulle komma högre med huvudet och göra det lättare för lungorna. När han slutligen kommit tillrätta släckte han golvlampan och lät andetagen tjuta ikapp med vinden.

Det var förunderligt hur han kunde gå hela dagen och känna hur kroppen blev tung av sömn, på hur ögonen krympte och hur han nästan somnade stående. Men så fort han lagt sig för att sova, blev han vaken.

Det kröp på. Han blev en fabrik som tillverkade grubblerier. Som trampade med sina sockor, tillverkade och lagade till.

Han såg sorgset inåt det trånga rummet där den fladdrande elden skapade reliefer i tapeternas revor och inbuktningar. Han såg mot bokhyllan och alla böcker som var utlästa, utslitna och hundörade. Det fanns varken ögon, ork eller tålamod för att skaffa nya eller börja om på de gamla.

När han hade legat en stund och huttrat och makat på sig, fanns det inte annat att göra än att kliva upp. Varje steg tycktes ge ifrån sig ett sorgeknarr. Han tog och klippte naglarna på fingrarna. Naglarna var grova, han använde en liten tång och lät bitarna ligga kvar på köksbordet.

Skomakarlampan var släckt.

Han hade god uppsikt över trädgården utanför, men mörkret var tätt och ogenomträngligt. Endast enstaka snöfläckar skymtade som smutsiga kritstänk inne i skogen. Vårvindarna tog sig långt genom ett bladlöst landskap.

Han tänkte på Lusen, så ensam där ute. Ängslan, grep tag i hans bröst.

Ska det sluta så här?

Han anade morgonen. Hörde småfågelsången och skymtade berget ovanför granskogen.

Ibland hände det att han stod kvar i en evighet och stirrade på ingenting, ett stort ingenting som svart luft tills solen pressade sin kind mot fönsterglaset. Gruvade han sig? Var det därför han var vaken natt efter natt? Om inte vid fönstret så framför elden. Eller var det för att han hade slutat drömma? Att sömntimmarna blev svarta hål av tid som försvann?

När han låg kvar på mornarna var det inte så mycket för att han var trött som för att han ville minnas om han hade drömt något. Inte ens känslan av kylan och vintern hade han kvar. Dessa sällsynta nattgäster var lika saknade som bortgångna vänner. En liten dröm skulle kunna pigga upp och ge något nytt att tänka på under dagen.

Efter att ha stått orörlig en lång stund vid köksfönstret, böjde han sig långsamt ned, samlade ihop avklippet från naglarna och gömde det i en golvspringa. Sedan lade han sig i soffan och ögonen slöts av sig själv. De tunga tjutande andetagen spred sig i det tysta rummet och han lindades in i fjäderlätt sömn.

Elden falnade. Glöden pumpade, suckade och slocknade i en puff av aska. Spindlarna spann nät och solen gick upp.

FYRA

Den gamle låg gärna kvar en stund om morgonen och lyssnade till rummets tystnad, väggarnas stillatigande, tills dagens första tankar började blåsa liv i honom.

När han kommit upp ur soffan tände han spisen och satte på en kastrull vatten. Han rattade in P1 på den gamla radion, och hade han tur kunde han höra någon vacker melodi.

Efter att vattnet kokat upp och värmen spridit sig i torpet, drog han tröjorna över huvudet och fyllde en kanna med varmvatten som han tömde över i tvättfatet i kommoden bakom skynket. Han kupade händerna och sänkte dem under vattnet och tittade upp för att möta sitt ansikte. Det var en främling han såg i den prickiga spegeln. Huden på kinderna hängde och ögonen var mörkare, immigare och låg djupare under ögonbrynen än han kom ihåg att de gjort. Tänderna var större, färre och gulare. Håret var vitt, halvlångt och spretigt. När han lutade sig närmare spegeln kunde han skönja leverfläckar som här och var dykt upp i huden som snus spottat i motvind.

Det satt en vårta i pannan! Tidigare hade han haft dem på handryggarna. Men i pannan… Spegelbilden blev stilla och blek. Han kände en illavarslande vind dra fram genom rummet, för han hade hört någonstans, att om man fick en vårta i pannan skulle man dö inom ett år.   Tonen i huvudet var som ett tjut och sedan som en hel bergsklippa som skrek tillbaka.

Spegelbilden av den krympta mannen med det vita håret, de stora tänderna och vårtan i pannan påminde honom om döden. Han synade vårtan men låtsades efter en stund som han ingenting visste.

Han fortsatte med att tvätta sig över armarna, under armhålorna och runt om i nacken. Några gånger i veckan brukade han raka sig och när andan föll på tvättade han sig i skrevet och skrubbade sig i stjärten. Han kunde stå och hålla pungen i handen – två kalla nötter – och blunda och önska att han kunde krama ur ålderdomen som om själva betingelsen ålderdom var en saft.

När han var klar med tvättbestyren kände han sig något bättre och gick ut för att ta sig en titt i brevlådan.

I innerfarstun klev han förbi brandhjälmen som hängde på en spik. Den var smutsig och något sotig men lyste med sitt matta silver mot den flammiga väggen. Han gick förbi den varje dag men såg aldrig åt den. Den hade hängt där sedan den satts upp. Hade aldrig blivit rörd förutom de gånger Helmi dammat av den i förbifarten. Den togs inte ner, hon hade vetat vad den betytt för honom.

När han kom ut möttes han av en vägg av värme. Våren hade kommit för att stanna. Några tussilagor lyste borta vid dikeskanterna och träden stod laddade med skott.

Den gamle följde en upptrampad stig intill torpet. Värmen hade trängt ner i jorden och lockat upp myrorna ur deras kalla källarsalar. Humlorna flög från rödklöver till rödklöver för att samla nektar och pollen. Han stampade häftigt med foten i marken. Jagade upp ett gäng grönsiskor som klippte med vingarna och spred ut sig som konfetti i vinden. Och när han försökte fånga någon av fåglarna med blicken snurrade allt runt i huvudet på honom. Han fokuserade på aluminiumstegen som stod lutad mot väggen. Fortsatte utmed väggen, hann precis fram och förbi stegen då ansiktet vred ihop sig och han nös så det ekade över nejden. Det följdes av ett vilt flaxande av fåglar av allehanda slag. Han stelnade till och kramade sitt bröst. Stod kvar medan huden knottrade sig. Något hade förändrats inne i kroppen. Något hade gått sönder.

Småfåglarna pilade omärkbart fram och tillbaka över trädgården.

Han blängde med avsmak mot skatboet i björken. Visste inte själv varför han blev arg eller ens brydde sig. Det var någonting med dessa nakna, högljudda varelser som fick honom att vilja klättra upp och tysta dem. De fick honom att känna sig bräcklig. Fick hjärtat att krampa. Påminde honom om att de började något som han snart skulle avsluta.

Fem år tidigare – Helmi är sjuk

Han vet om det. Nu vet de om det bägge två men ingen av dem säger det högt. Hon är sjuk. Han har sett pappren, hon har en diagnos. Cancern.

Marken har börjat röra sig under hans fötter. Det spricker och rämnar. Jordskorpan är en osäker plats. Han kan nästan höra hur han snart kommer att rasa igenom.

Han smyger efter Helmi längst stigen mot bryggan. Vill se henne när hon inte vet om det. Det kanske finns något i hennes kroppsspråk, som kan berätta något som han inte redan vet.

Stigen är torr och hård. Den slingrar sig mellan tuvorna. Himlen krymper bakom regnmolnen. Tunna dimslöjor sveper fram med små droppar som blir hängande i luften. Bryggan hörs på långt håll med sitt envetna gnissel. Han stannar till bakom hallonbuskarna som doftar av de solvarma bären. Benen har tappat känseln med marken. Händerna skakar så våldsamt att han blir tvungen att stoppa dem i fickorna. Han ser bort mot bryggan där molnskuggorna släcker det sista av glittret på sjön. Helmi står redan på bryggan. Hennes klänning fläktar i vinden. Vit med små röda blommor. Hon drar av den. Lutar sig mot vattnet och slänger sig i.

Helmi bryter vattenytan med tusen silverbubblor, och medan hon sjunker mot den sumpiga bottnen drar hon ihop sig i fosterställning. Hon slappnar av och hänger kvar i den tyngdlösa tomheten. Kylan från vattnet släcker hennes smärta. När hon stiger upp har hon hunnit bygga en hel stad av drömmar där nere.

Miljoner trumvirvlar hörs mot tegelpannorna. Regnet slingrar sig tätt mot det bubbliga fönsterglaset. Det går knappt att se ut. Torpet kunde lika gärna ligga under vatten.

Det gamla paret känner sig manade att sitta inne tillsammans med sin oro. Deras blickar är undflyende. Han ska till att fråga henne om hennes sjukdom. Hon ska till att svara honom.

Han kan se att hon har ont där hon sitter nedsjunken vid köksbordet, insvept i en filt. Hennes hår är fortfarande tovigt och fuktigt efter doppet i sjön. Han kan se att hon fryser. Hur hon gnuggar sina fingrar och drar filten hårdare om sig. Hur ryggen höjer och sänker sig under filten. Han hör hennes andetag, tunga och trötta. Han tittar på henne i smyg och försöker andas i hennes takt. Försöker lista ut vad hon tänker. Han vågar inte fråga.

Hon slutar andas och ser upp på honom. Ögonen är stora och vattniga. Hon ler men han ser att hon befinner sig långt borta. Han reser sig och sätter tevatten på spisen. Drar sig undan en stund. Vill inte att hon ska se att han är bekymrad. Ställer sig vid bortre fönstret. Beter sig som om det är han som vore sjuk. För det är hans händer som skakar, det är hans bröst som värker av oro.

Han ser ut genom fönstret och minns.

Helmi, kom tillbaka! Tiden går så fort, bara ett ögonblick, en kort dröm. Hon stod i förstugan med flickorna som då var små. De fick komma in en stund. Inte många ord yttrades. Tystnaden var som en utskällning. Vad skulle de säga? De hade inte träffats på en evighet. När de väl stod inför varandra igen, var glappet så stort som det kunde vara mellan två människor. Ändå kände de att de var förenade av en osynlig sträng.

När Helmi och flickorna hade gått igen visste han var de bodde och tog sig dit. Han hade varken bil eller cykel, så han fick lifta. Äntligen kämpade han för att nå hennes hjärta.

Den gången hade hon kommit tillbaka. Trots att han först inte ville släppa in henne.

Han står vid fönstret. Har du ont? Vill han fråga henne. Om han går fram till ytterdörren och öppnar den skulle hon kunna stå där som hon gjorde den där gången. Han skulle låta henne och flickorna komma in en stund. De skulle få sätta sig vid köksbordet. Han skulle bjuda lilla Tanja och Marja på varm choklad och Helmi på kaffe. Ingen skulle märka av den gamla sjuka döende kvinnan som sitter bredvid.

Han känner hennes blick i ryggen.

De är tillsammans för att det är det bästa för dem båda. Han för att hon är den enda som någonsin funnits och hon för att han är den tryggaste, vänligaste människan hon har träffat.

Han blundar och lutar pannan mot fönstret. Tycker att han kan känna regnet genom glaset, hur det strömmar över honom. Utan att märka det har han vänt sig om, fortfarande med regnet som rinner över ansiktet som en gråtande mask. Han har förlorat henne en gång och nu ska han förlora henne igen.

"Kom och sätt dig en stund" säger hon.

Han sätter sig och hon lägger ut armarna på bordet och fångar hans hand.

"Nu ska inte du vara ledsen på mig. Det finns ingen anledning att vara rädd. Man blir gammal. Kroppen blir trött. Min kropp är trött." Hennes röst är svag. Det är som om hon själv inte vill höra den, att om hon höjer den kommer Cancern att höras. Hon sänker sitt huvud och skrattar tyst för sig själv. Hennes ögon blir alldeles skumma av sorg.

"Du är envis. Det kommer att gå bra för dig. Du kommer att leva i hundra år" säger hon.

Hon skrattar igen.

"Om jag kunde få dig att prata. Jag antar att vi inte har varit så bra på att prata, varken du eller jag. Genom tystnaden förstår vi varandra, eller hur?"

Han nickar och känner sig redan som hundra år.

"Har du mycket ont. Kan jag … få jag …?" säger han till slut.

Hon håller hans hand hårt.

"Det kommer att ordna sig. Jag tänker stanna här. Jag vill att du är med mig när det är dags" säger hon bestämt.

"Hur dags?" frågar han tyst.

"Åh, det är långt kvar. Tänk inte på det. Tänk inte alls på det."

Vid bordet under skomakarlampan är det han som är hopsjunken och blek. Det är han som behöver tröstas. Det är han som är döende.

"Titta nu kommer solen", säger hon och ser ut genom det våta fönstret. Han kan inte förstå hur hon kan låta så glad. Han känner solvärmen mot ansiktet när han vänder sig om och ser ut. Genom solskenet syns en regnbåge krökt över skogen bakom sjön.

Ibland rullade han ihop sig och sov en stund mitt på dagen som katten. Så skönt som om det vore natt och luften blev mjuk att andas. Förr om åren hade han kunnat lyfta och flyga iväg. Se skogen från ovan. Sväva som fåglarna över det täta, det glesa, det taggiga och det mjuka. Överallt stod skogen så tyst att det nästan hördes hur den växte som stela människokroppar som sträcker sig en morgon. Han kunde susa fram över telefonstolpar som stod på led i upphuggna förbindelser genom skogen; brandgator med ledningar som var känsliga och hängde och surrade och sköt iväg blixtsnabba samtal genom Sverige. Om han var uppmärksam kunde han höra rösterna när de susade förbi. Och om han flög jäms med ledningarna kunde han följa en röst en stund och höra vad den sa.

Han satte sig upp och var kallsvettig. Ställde sig upp på ostadiga ben. Hittade inte tofflorna. Ljuset var som på månen. Golvet var som strömmen i Voxnan som rann och rann och aldrig ville ge med sig.

Det knep förfärligt i hjärtat på honom. Han var orolig och satte sig vid telefonen i köket, lade handen innanför sin kofta och kände det dunkande bröstet. Harklade sig med en grimas och lyfte på den röda telefonluren.

Han tittade ut genom fönsterglaset medan långa släpiga telefonsignaler fick gå fram. Kall tät dimma hade stigit ur sjön och stannat kvar.

Någon svarade i andra änden, i ett rum med musik.

"Är det du Tanja?" frågade han. Och det var det. Hon bad honom vänta medan hon gick och sänkte musiken.

"Hur är det?" frågade hon när hon kom tillbaks till luren, lät stressad och andfådd, kanske något orolig.

Han tog ett stadigt grepp om telefonluren och formade ett ord med läpparna. Blundade och knådade sig i pannan. Det gjorde ont. Hjärtat skavde mot något...

Om en sten ligger tillräckligt länge, om den får vara ifred på havsbottnen blir den med tiden rund och slät, får kolet ligga till sig blir den diamant, men hjärtat blir svullet, slutkört eller bara stannar.

"Det är bra", svarade han. "Bara bra..."

"Bra pappa... Jag har lite grann att göra, skulle jag kunna ringa dig en annan..."

Något rörde sig ute i dimman. Det var träden.

"Det är bra", svarade han en gång till.

"Det händer mycket just nu, jag ska iväg på en ny expedition..."

Han hörde henne, men han förstod inte vad hon sa. Han nickade. Det blev tyst i luren. Den täta dimman verkade tränga in i rummet. Det blev rått, han frös. Dimman lade sig runt bordet. Bordsskivan blev våt av fukt. Fönstret immade igen. Han hackade tänder.

"Är det bra med dig...", försökte han. Någonting måste han säga. Han klarade inte av att berätta att han var rädd. Att han behövde någon som tröstade honom. Istället lyssnade han till en stressad röst som tycktes komma från en annan värld, som ville hålla telefonsamtalet kort, kortare än en reklampaus på teve.

Jag ska resa bort igen, hade hon sagt, *på en expedition, långt, långt bort.*

Bra, hade han svarat. Och han hade menat det.

Det var bra för hennes skull.

Senare på dagen slog han ett nytt nummer. Hade inte pratat ordentligt med sin husläkare på månader, trodde han. *Hade han fortfarande en husläkare?* Det var som om han var bortglömd, som om hans namn hade ramlat ur systemet.

Det var svårt att komma fram och signalerna verkade kalla. Tonen var klanglös och distanserad som en evig hänvisning till något annat. Solen hann titta fram och sedan försvinna igen. Han tittade på almanackan med naturmotiv som hängde bredvid kylskåpet. Vad var det för datum? Han visste inte.

När han väl kom fram var han tvungen att knappa in sitt personnummer. Det kunde han inte på sin snurrskiva. Det hade han aldrig kunnat.

När han på kvällen lade händerna framför sig på bordet under lampan, kände han inte igen dem. De var mindre, svagare med hud som hängde och med mörka rullande ådror. Hjärtat hade lugnat ner sig. Pickade stilla, bedövat, som dimman.

Han lyfte på luren för ett tredje samtal. Slog vant in ett nummer. Lyssnade medan han vände blicken mot rummet. Väntade medan tusen skrapningar och tusen blixtsnabba susningar for genom skogens telefonledningar. Någon svarade på andra sidan, en mjuk röst, samma röst som alltid.

"Tjugoett trettionio och femtio"... *Pip*

"Tjugoett fyrtio och noll noll"... *Pip*

SEX

Det var i slutet av hans åttioandra vår och han hade drömt igen.

Han låg på rygg med blicken fixerad på fuktfläcken i taket som speglades som en sjukdom i hans ögon. Det var oeldat och ruggigt. Luften var rå och sängkläderna fuktiga. Han svalde och harsklade sig.

Utanför fönstret hördes talgoxar, bofinkar, skator och hackspetten som pickade ikapp med hans hjärta. Han kände sig en smula levande igen.

Drömmen han hade haft var en skatt finare än guld och diamanter. Men han hade svårt att se den framför sig. Andra tankar hade hunnit före. Han klev upp och var ivrig, tände en eld och laddade kaffebryggaren.

Försökte drömmen säga honom något viktigt?

Han satte sig vid köksbordet och blinkade och masserade sig själv i nacken. Satt länge och väl och koncentrerade sig tills han nästan fick ont i huvudet. Kände en liten fettsvulst under huden i nacken.

Var det en tumör?

Drömmen var borta.

Kroppen var tung och frusen igen. All glädje hade försvunnit. Allt var som vanligt igen.

Senare samma dag ställde han kattskålen på köksbänken.

"Såja..."

Kaffet var klart, han spillde upp en kopp och rörde om med skeden. Små lugna cirklar. Han stirrade ner i virveln som bildades i det svarta. Så reste han sig och gick fram till kattskålen. Den var orörd.

Han spanade efter katten i ytterdörrspringan.

"Lusen… kisse… kisse…"

Det var en vacker dag. Bäckarna fortsatte att stiga och översvämmas. Smältvattnet från berget hade hittat nya vägar genom skogen. Det var som om livet själv rann upp ur jorden, bråttom och porlande, drog med sig löv och pinnar – sprang förbi allt som inte hann med.

Han slängde igen dörren. Slog sig ner igen vid köksbordet och började hicka. Vände ansiktet mot fönstret och blickade bort i fjärran, bortom fönstrets strimmiga glas, bortom trädgården, stenmuren och trädstammarna och trädgrenarna som avtecknade sig svagt i skymningen. Det var kväll igen och han var så ensam.

Han vaknade på golvet i hörnet bakom utdragssoffan. Hade ingen aning hur han hamnat där. Han kände sig egendomligt varm. Det svala draget från springorna mellan grantiljorna kändes bra mot ryggen. Det gråvita skurgolvet var som ett hav som höll honom flytande. Han knep ihop ögonen och lät hjärtat slå. Höll andan... ett... två... och tre.

När den gamle åter drog efter andan var det som om han kommit till ytan för att söka luft. Han rörde sig och det knarrade i varje led som rostiga vajrar på en bortglömd brygga.

Hade han gått i sömnen? Hade han ramlat?

De trötta ögonen började flacka runt i rummet. Gled hit och dit, liksom halkade runt utan att fästa. Bländades av solen som lyste genom fönstret och brände bort alla färger.

Trasmattorna låg och sög åt sig av det dammiga ljuset...

... köksstolarna, slagbordet, skynket, bonaderna, hyvelbänken, de tomma krukorna, karamellburken, syskrinet, äggkoppssamlingen, korgbrickan, vattenglaset, vykorten, revan i tapeten, radion, pianot, schackspelet och köksklockan...

Men han kände inte igen sig.

Han satte sig upp och lutade sig mot soffan. Vårblek i huden. Gned bort en rynka i pannan. Drog en handrygg under näsan. Det tickade från köksklockan, inget mer. Träden utanför fönstret dansade utan musik.

Helmi?

Han tittade på solstrimmorna som fladdrade och spelade på väggen. Grävde i minnet. De ansikten han försökte se framför sig flöt ihop och blev en grumlig massa. Det skarpa solljuset trängde djupare in i väggen som en eld, fick tapeten att krulla sig och blotta träskivorna, fortsatte genom timret och träfibrerna tills det gick hål och dagen utanför blev synlig och växtligheten slingrade sig över golvet och väggarna. Han såg ett par nakna fötter som klev fram genom grönskan.

Helmi, tänkte han och pressade ihop ögonen.

Hade han glömt bort hennes ansikte? Han blundade mot ljuset och när han tittade igen var det borta. Allt var sig likt och solen gick i moln utanför fönstret.

Han försökte hitta bilder i vattenskadorna i taket, kliade sig i pannan och plockade osynliga hårstrån.

Vad katten hette barnen? Och vad katten hette katten? Och hur lät

rösterna, skratten?

Han kände att han ville gråta. Men det gick inte för han hade en liten inflammation i tårkanalen, det var täppt där så tårarna kunde inte komma fram. Istället samlades tårarna, som en damm i själen.

Man skulle kunna tro att när man levt ett långt liv borde det fastna någonting beständigt bakom ögonlocken. Något borde finnas där efter allt han sett och varit med om. Men under ögonlocken var det bara svart.

När han försökte stiga upp var golvet som en magnet. Han tänkte för sig själv att han hade röven full av järnflis. Han drog på läpparna åt det och tänkte att han fortfarande hade humorn. Så skrattade han ett förtvivlat, tröstlöst skratt.

Plötsligt mindes han sin favoritstubbe i skogen. Han var ung på den tiden och brukade gå dit för att få vara för sig själv, för att sitta och tänka eller bara komma ifrån. Tallstubben låg fint belägen på en bergknalle med utsikt över nejden. Själva tallen som en gång stått där hade blivit fälld med såg. Stubben var inte lika spetsig och hög som den hade blivit om trädet bearbetats med en yxa, eller fällts av stormen. Den var slät och skön att sitta på. Och om han lade handen på sidan, snett bakom rumpan, passade den in perfekt. Den grova barkskorpan var delvis bortskavd och mitt i det släta innanför fanns en ficka där tummen kunde glida in. Resten av fingrarna kunde vila utanför. Den det var som gjord för hans hand. Om han vände sig om kunde han se brandtornet där han ofta varit stationerad. Det reste sig högt över skogen.

Det var samma brandtorn som sedermera brann ned, liksom stubben. Samma tumme som passade i stubben förlorade han i samma veva.

När han senare på kvällen satt nedtyngd i soffan kunde han inte minnas något annat än den förbannade stubben. Stubben och tummen som inte längre fanns. Han höll upp handen mot golvlampan. Det var bara en stump kvar.

Han sökte förgäves med blicken över rummet. Letade efter något bekant, något som skulle få honom att minnas igen. Tittade efter golvet som om han letade efter en sufflör som kunde hjälpa honom på traven. Men rummet förblev okänt och skumt av skuggor. Det kunde vara vilket rum som helst.

Han plockade fram alla sina album och alla sina lådor med lösa fotografier som han spred ut över köksbordet. Han sköt ut läppen så som han ofta brukade göra när han funderade på någonting tungt och viktigt. Gick igenom foto efter foto med ett förstoringsglas tills ögonen sved. De flesta av fotografierna var på Helmi. De var av äldre modell med gula slöjor, och mjuka och naggade kanter som gjorde dem ömtåliga att hålla i. Alla hennes ansikten var nötta och uppätna av tiden.

Han plockade upp ett fotografi av sig själv. Kunde väl kanske ha varit i trettioårsåldern. Håret var svart och kammat i en elegant sidbena. Han hade en bred slät panna och stora ögon som tittade snett förbi kameran, liksom försjunken i andra tankar. I hans ansikte fanns en upprymdhet, inte ett leende, mer som om någon nypt honom i kinden. I övrigt var det sommar med en varm sol som sken på nacke och axlar. Han hade lediga kläder. Bruna byxor i manchester, väst och lös vit skjorta. Själva bakgrunden var något otydlig, en yttervägg bara, och ett par trädgrenar som sköt in från sidan och skuggade. Kanske stod han utanför torpet, kanske någon annanstans.

Kanske hade han alltid befunnit sig vid torpet.

Han visste inte längre vem han själv var. Det var som om han hade slagit en knuten näve i en spegel och alla spegelbitarna hade olika svar. Han ruskade på huvudet, lade ifrån sig ett fotografi och plockade upp ett annat.

Sakta började han minnas lite. Små fragment. Helmi som ung. Som han ville komma ihåg henne. Frisk med kinder som rosade sig då hon blev generad, eller förbaskad, eller kär.

Tonen var en melodislinga av ett piano i regnet.

Ett spelande utan fingrar.

En längtan.

Som tomma glasskålar.

Varje ny dag var ett stegpinne närmare döden. Vid varje steg lämnade han efter sig ett minne som slukades i glömskans mörker. Minnet var det mest värdefulla, det som förlängde livet. Gjorde all möda värd.

Utan minnena var det slut...

Sex år tidigare – Den färgglada vasen

"Titta vad jag fått"!! Helmi håller fram den i solen framför fönstret. Den är stor och färgglad. Ser tung ut i hennes taniga armar. Vasen.

Själv sitter han vid köksbordet och lyssnar på radion. Skruvar ner volymen mitt i ett stycke med Jussi Björling.

"För lång och trogen tjänst på syföreningen, och en försenad sjuttioårspresent. Visst är den vacker?"

Han slickar sig om läpparna och sträcker fram ett finger mot den. Helmi går iväg och ställer den på sekretären innan han har hunnit nudda vid den. Hon kliver tillbaka några steg och betraktar den.

"Den är äkta…", säger hon.

"Jaha…", svarar han.

Han reser sig från stolen, går fram och ställer sig bredvid Helmi. De betraktar vasen tillsammans. Nästan som det vore ett barn. Den lyser i det annars färgfattiga rummet. Han drar en hand under näsan.

"Vad menar du med äkta?" frågar han.

"Den är målad av Ulrica Hydman-Vallien. Konstnären", säger hon som om det vore ett svar.

Han står och tiger.

"Tycker du inte om den?" frågar hon.

"Det är en vas…", svarar han.

"Jamen tycker du inte om den då frågar jag."

"Det är bara en vas."

Helmi har kraft och energi. Ibland tycker han att hon har så mycket energi att hon får hela torpet att lyfta. Själv hänger han inte med. Han tittar på när hon plockar med syskrinet, vattnar blommorna och gosar med katten. Ibland tar hon hem några väninnor från syföreningen, nerifrån byn. Han känner dem inte utan sitter gärna själv och ser ut genom fönstret. Ibland reser han sig och går ut. Gör några rännor för att leda bort vattnet ur pölarna, plockar lite potatis i en kastrull eller bara ser in mot skogen eller ut över bergen, blir stående och drömmer om sina pojkår som verkar ljusår bort.

I den färgglada vasen, på sekretären, sticker några syrenkvistar upp och fyller rummet med sin doft. Eftermiddagsljuset hänger stillsamt som en flygande matta över rummet. En humla slår ilsket mot fönstret. Han öppnar och hjälper den ut med handen. Luften är lika varm ute som inne, bara något friskare. Han hör hur det har tystnat i kammaren. Reser sig upp och går dit.

Helmi står och lutar sig med ena armen mot väggen, den andra håller hon över bröstet. På golvet står en hink med skurvatten och bredvid ligger en rotborste. En söt lukt av såpa stiger från träet.

"Har du ont igen?" frågar han.

Helmi blundar men tittar upp då han kliver in i rummet.

"Akta det är blött...", säger hon lätt överraskad.

Hon drar en hand över pannan. Handen är röd och våt av det kalla vattnet. Hon undviker hans blick.

"Vart gör det ont?"

Hon släpper handen från sitt bröst.

"Nä... inte så farligt".

Han kan se hur hon kämpar med luften, den seniga halsen jobbar, den spänner och drar ihop sig. Kroppen har blivit tunn. Kläderna hänger lite. Hon böjer sig ner, tar upp och släpper ner rotborsten i skurvattnet. Lyfter upp hinken. Sträcker på sig, kota efter kota.

Ljuset från fönstret silar in genom gardinen. Han ser att hon har röda ringar runt ögonen.

"Ta och vila dig nu. Jag gör det där sen. Jag sätter på kaffe", säger han, tar skurhinken från henne och går iväg.

"Det behövs inte" ropar hon tillbaka. "Men ta du".

Han hör henne inte. Tycker att hon är för gammal för att hålla på, krypa runt på knäna så där. Men han säger ingenting. Hon vet bäst själv, precis som han vet bäst själv vad han klarar av och inte.

"Du då…?" frågar hon, när de sitter och äter fläskpannkaka med lingonsylt. Hon tittar upp på honom mellan tuggorna.

"Har du ont i hjärtat idag, har du tagit nitroglycerinet, och magen, hur är det med den? Är den lika öm?"

Katten hoppar upp på bordet. Den sätter sig vid fönsterglaset och ser ut mot den mörka trädgården. Slickar sig om nosen och luktar fisk. Den gör nosmärken på glaset.

"Du kanske borde gå till en doktor", säger han som om han inte har hört ett ord av vad hon har sagt.

"Tror du?" säger hon.

"Gör som du vill."

"Då gör jag det."

På natten ligger han länge och stilla och tittar i taket. Har inte sovit en blund. Han anar en liten ros av fukt i ena hörnet. När klockan blir fyra hör han rödhaken. Det är ett oroligt drillande, tycker han. Det fyller hela rummet som tycks gunga. Han vill väcka Helmi och säga att han inte vill att hon ska åka till sjukhuset, att han inte vill att någon ska säga att hon är sjuk, för det är hon inte. Inte som hon håller på, skurar golv och går på.

"Sover du?" frågar han.

"Va... vad är det?" säger hon. Hon vänder huvudet åt hans håll och tittar över axeln.

"Fin vas", fortsätter han.

"Va?"

"Det var en fin vas du kom hem med."

ÅTTA

Han satte på sig sina glasögon. Vykortet var färgglatt. Det var täckt av människor som badade i tomatsörja. Tomato fight, tomato fight!! gick det att läsa. Det glimmade till i hans ögon och sekundsnabbt drog något ungdomligt över hans ansikte.

Han hade fått stå och vänta i en halvtimme bredvid postlådan innan den gula postbilden sladdat förbi. Han hade sett neråt vägen och tänkt på den gången då ån var översvämmad. Han hade tänkt på gäddan som han nästan hade trampat på. När han sedan gått genom posthögen hade vykortet trillat fram mellan reklambladen.

Nu stod han vid köksbordet och fingrade på vykortet. Vände på det och lät blicken vandra över de spretiga bokstäverna. Han sköt ut underläppen och läste det om och om igen.

Hej Morfar

Hoppas att du mår bra. Vi mår prima.

Här i Pamplona lever livet kan jag lova.

Sugen på tomatsås?

Qui vivra, verra (Den som lever får se)

Goa hälsningar från M och E

"Morfar…" Han testade att säga det. Viskade det tyst för sig själv. Han formade ordet med munnen… mor… och sedan far… Handen började vandra som den hade haft ett eget liv. Den sökte sig ner efter sidan på köksstolen, letade efter en ficka att vila mot, men blev hängande.

Han hade varit ensam med sig själv och sina egna tankar så länge. Allt han fick reda på kom via posten. Omvärlden blev förvrängd genom reklamblad och tidningsartiklar. Han inbillade sig platser och människor och djur som aldrig funnits. Teven fungerade inte. Den gamla apparaten stod i ett hörn och samlade damm. Program 1 på radion lät ungefär likadan som den gjort de senaste tjugo åren. Ingen kom och hälsade på, ingen ringde, ingen kom ihåg när han fyllde år. Ingen berättade något nytt. Ingen dunkade honom i ryggen som han kunde dunka tillbaka på. Det fanns ingen som han kunde sitta vid köksbordet och prata en stund med, ta en kopp kaffe med så att han kunde gå efter konjaken, plocka fram några fotoalbum så de fick se hur han hade haft det en gång i tiden. Han skulle kunna lyssna på vem som helst - vad som helst - vem som helst och vad som helst i världen.

Men ingen…

När Helmi var i livet hade det varit annorlunda. Då stod de alltid tillsammans på farstubron och vinkade och välkomnade. Nybakade bullar på fat i trädgården, ett muntert nynnande, en doft av nyklippt gräs. Alltid var det sommar eller jul och allt var nästan löjligt ursvenskt som en tavla av Carl Larsson. Helmi hade bundit alla tillsammans. När han blev ensam blev han ensam.

Efter Helmis död blev det tyst, ljuden dog med henne. Torpet begravdes med henne. Bara hans egna steg, hans andetag och rörelser, hans egen röst som mest bestod av muttranden och knorranden, ljud som inte räknades. När allt kommer omkring: vem ville besöka en plats där allting var tyst och dött?

Men så kom ibland ett vykort från någon, kanske ett barn eller barnbarn eller någon annan som han hade svårt att komma ihåg. Och varje gång kände han ett styng av tröst. För någon tänkte på honom. Och om någon tänkte på honom, om någon hade gjort sig besvär att skriva till honom och skicka honom ett vykort betydde det att han fortfarande fanns till.

Visst gjorde han det…?

Han satte upp alla vykort på väggen. Med åren hade det blivit ett färgglatt collage. Det fanns så många ställen att resa till, så många ställen att inte resa till.

Långa murar, stora monument, palmer i solnedgångar, snirklande trollstigar, flygbilder, sandstränder...

Han letade febrilt i kökslådan. Plockade fram häftstift och satte upp tomatvykortet bland de andra, ovanpå ett annat som föreställde en känguru med hatt där det stod; G´day mate. Han visste inte vem det var från, inte helt och hållet. Inte den här gången heller, men, det var alltid något.

Dammråttorna dansade efter golvlisterna då den gamle hasade mot kylskåpet. Han plockade fram potatis som han hade kokat dagen innan. De var kalla som nästippar. Han skivade dem och lät skalet vara kvar. Spred ut skivorna på ett par hårdbröd och hällde upp en sup. Brännvinsflaskan hade en gång legat nergrävd under en myrstack. Det sades att om man grävde ner den på en skärtorsdagsnatt och lät den ligga ett år eller två, skulle det ge ett gott skydd mot sjukdomar och göra en stark, oåterkalleligt. Men han var allt annat än stark. Han var mager av det lilla han fick i sig.

Han lämnade hårdbrödet med potatisen kvar på bordet. Allt smakade luft. Strödde han salt över – luft. Strödde han peppar så det blev en liten vulkan ovanpå – luft.

Han tog upp en kopp ur diskbaljan, vilken som helst, och sköljde ur den. Den otäta varmvattenberedaren läckte vatten så det droppade och rann ut över golvet, in under trasmattan och ner mellan springorna. Han spillde upp snusfärgat kaffe och satte sig tillrätta vid köksbordet. Köket var fyllt av dagsljus och damm. Flera kafferingar hade hunnit torka in på bordsskivan. Det skramlade i porslinet när han lyfte koppen från fatet och förde den mot munnen. Han sörplade. Kaffet var dagens höjdpunkt. Det brukade kunna bli en påtår framåt förmiddagen och ibland en tretår. På senare tid hade han blivit tvungen att snåla in på kaffet eftersom han glömt att införskaffa nytt från lanthandeln som erbjöd gratis utkörning en gång i veckan, tisdagar, till pensionärer. Om det krisade sig fick han återanvända sumpen. Han tog några tunga klunkar. Inte ens kaffet smakade. Han provade att hälla supen i koppen. Det fick honom att känna något. En värme som spred sig och dunstade inuti hans kropp.

Han borstade bort några skrumpna övervintrade flugor från fönsterbrädan. Två ekorrar slank runt tallarna utanför fönstret, såg ut att dansa. De flöt fram på grenarna och skuttade vidare in mot skogen.

Han rörde med händerna över slagbordet, fingrade på saltkaret och på den lilla porslinskossan som man hällde mjölk ur mulen på och rättade till fransarna på duken. Så drog han instinktivt med fingertopparna längst bordskanten, stannade vid en liten välbekant spricka i träet. Lyfte handen för att söka vidare med fingrarna bland ansiktets rynkor. Testade om handen skulle passa in där. I det bleka ljuset från fönstret var hans ansikte inte helt olik den gamla tallstubben i skogen vid brandtornet.

Dagen fortsatte i en krypande långsamhet. Mot eftermiddagen skruvade han på radion. Den spelade *Änglamark,* men det gick nätt och jämt att höra Evert Taubes stämma mellan skrapningarna.

Han slog ner blicken i golvet. Granplankorna verkade glesare för varje år som gick. Levde han tillräckligt länge skulle han kanske ramla mellan.

Han hade varit ensam så länge att väggarna börjat viska, golvplankorna klaga och möblerna gråta. Ensamheten tog förlamande strypgrepp. Två händer växte och omslöt hans hals i ett allt hårdare grepp tills det svartnade. När han inte fick luft längre var han som ensammast. Då var döden något att längta till, en mjuk omfamning.

TIO

Han vred upp gökuret och väntade på att den lilla göken skulle visa sig. Hans tankar tycktes glida bort från allt. Han satte sig i utdragssoffan med huvudet djupt nedsjunket mellan axlarna; vände ibland upp blicken mot det märkliga uret som han fått eller köpt någon gång i tiden. Där fanns en liten snidad dörr där göken förväntades hoppa fram. Han såg mot den medan hans ögonlock började hänga som om det suttit osynliga klädnypor där. Den halvöppna munnen rörde sig lite och något hördes nerifrån strupen, svagt och viskande. Gökurets visare masade sig runt i sirap. Ingen gök orkade hoppa fram.

När minutvisaren gått några varv reste han sig så tvärt att synen svingade omkring ett tag i rummet. Alla uteblivna tankar verkade komma på en och samma gång. Han ville ut och riva ner allt det unga, ömtåliga som fick liv, grodde, växte och levde på ett sätt som han aldrig mer skulle kunna göra.

Jag… föraktar fågeln för att den kan flyga… Råttan för att den föder ungar, växterna för att de skjuter i höjden, träden som inte behöver vara ensamma och himlen som… ser allt det där.

Och så tänkte han att om man inte vill leva så har man på sätt och vis redan dött.

Han hällde upp en sup som han svepte och slängde ett öga på gökuret, funderade ett ögonblick. Den lilla supen susade som gräshoppor i huvudet. Den hade satt igång något, ett litet maskineri med långsamma kugghjul som gnällde skevt medan de tog fart. Han skulle göra något han inte hade gjort på länge.

Den tapetserade dörren till kammaren var trög, hade satt sig lite. Han gläntade på den och tittade in i det avlånga rummet. På sängbordet stod en tekopp med tepåssnöret hängande utanför. På en gungstol intill låg ett halvfärdigt handarbete, en stickning som låg så där lagd åt sidan som om den snart skulle fortsätta stickas. Han stod kvar med handen på dörrvredet.

Hon sover, tänkte han och steg in i kammaren. Hon är fortfarande sjuk.

"Se så, jag har ordnat lite frukost." Han ställde från sig en bricka med fika på nattduksbordet. Fönstret var inte riktigt stängt. Vinden drog tjutande genom en smal springa. Han stack in fingret i den nedersta haken, drog igen och satte sig på sängkanten.

"Helmi…" Rösten knöt sig. Händerna darrade, han förde dem över det virkade överkastet. För ett ögonblick kände han att han borde öppna upp fönstret igen. På vid gavel, så det inte blev så kvavt. Plötsliga vingar av minnen fladdrade förbi; Helmis änglaögon som öppnades och slöts, hennes steg genom gräset, Det bländande leendet hon gett honom till hälften dolt av en fjäder av solsken. Sedan försvann hon lika snabbt som hon hade blinkat förbi i hans minne och rummet som för en stund blivit upplyst och all elektricitet som varit koncentrerad till lampan i taket blev svagare. Kvällsmörkret tog åter över som en fallande skepnad.

Han såg sig om i det lilla rummet och fastnade med blicken på ett par smutsiga garntofsar. De hade blivit täckta av damm. Vad skulle det påbörjade garnstycket ha blivit? Det visste han inte. Det hade han aldrig hunnit fråga. Spelade ingen roll, tröja eller en halsduk?

Men frågan grämde honom.

Vad var det för vits att vara lycklig när det inte fanns någon att dela den med?

Han tänkte inte gråta.

"Nu lämnar jag dig i fred", sade han och reste sig upp ur sängen.

Men han stod kvar i dörröppningen. Hur många gånger hade han stått där och trott att allting varit som förut? Hur många gånger hade han gått in i kammaren, för att sedan upptäcka att hon var borta?

Hur kunde han glömma?

Varje gång var det som om tonen i hans huvud försvann och ersattes av Helmis andningar. Hennes blods puls. Det kunde bli outhärdligt. En människa som andas i sin frånvaro.

Han svepte in sig i en filt och lade sig på soffan. Filten luktade damm.

Kammardörren hade han lämnat på glänt. Om det hade varit svårt att öppna den var det ingenting mot hur svårt det var att låta den vara öppen. Det fanns så mycket skrock inblandat. Allt blev högtidligt och viktigt, allt måste bli rätt där inne.

Jag vet att du ser mig.

Du bor där i väggarna.

Helmis närvaro fanns kvar i rummet.

Ögonen... andetagen...

Hennes lukter fanns kvar i kudden. Han hade tagit upp den och pressat den mot ansiktet, kvävt ett skrik. Han hade glömt och all sorg hade kommit tillbaka med dubbel kraft. Han hade bestämt sig för att aldrig mer gå in i kammaren. Ändå hade han gått dit.

Nu vandrade blicken ideligen till den gläntande dörren. Han ville att hon skulle stiga ut genom den. Jag blir inte rädd, tänkte han. Du kan komma nu. Berätta vad jag ska göra. Ge mig ett tecken.

När han hade legat en stund och kvällen hade fått rummet att krympa ihop, fick han syn på en fjäder som singlade ner genom mörkret och landade på bröstet. Den var stor och vit, såg ut att lysa. Han tog upp den och höll den mellan fingrarna, undersökte den. Strök den mot handen. Såg upp i taket där den tycktes komma ifrån. Såg på fuktfläckarna som hade svällt och svartnat till en bukett av fuktblommor. Och plötsligt genom den becksvarta tystnaden hördes ett sjungande och träigt skrik. Det var göken.

ELVA

Den här gången tvekade han inte utan klev direkt in i kammaren och satte sig på sängkanten. Ljuset föll långt in i rummet genom den tunna, genomskinliga gardinen. Han tittade ut en stund genom fönstret innan han öppnade det. Det var en bra dag, varmt i solen. Den friska morgonluften drog in och snodde runt i kammaren som om den väntat länge och äntligen fått lov att göra just detta. Det fladdrade till i en lös tapetflik och dammtussarna gömde sig bakom möblerna.

Han reste sig och gick ut ur rummet och när han kom tillbaka hade han begravningskostymen hängande över armen. Han lade ut den på sängen och mönstrade den. Strök med handen över den. Såg till att inga skrynklor syntes.

Redan två veckor innan, hade han hämtat in brädorna från vedboden. Hade lagt dem på hyvelbänken i köket och hyvlat dem släta. Sedan hade han börjat snickra ihop kistan. Han använde inga spikar utan fogade samman sidorna med träplugg. Skrapade ut sot som samlats i den lilla sotluckan på spisen. Blandade sotet med vatten, lim och rågmjöl. Doppade tidningspapper i hinken och strök ut det över kistan så den blev svart. Lät det torka och fyllde kistan med hyvelspån och granris.

Han hade provlegat den. Den var inte perfekt, inte ens regelbunden, men det var inte han själv heller. Så det fick duga.

Längst in och längst upp i skafferiet, på ett ensamt hyllplan, hade han förvarat en glasburk i många år. I den låg tummen. Den hade han plockat fram och synat noga. Med burken mot solen såg han hur tummen guppade upp och ner i spriten. Försiktigt fiskade han upp den ur burken.

Sedan hade han lagt den i kistan. Den ville han ha med sig – kunde vara bra att ha på den yttersta dagen.

Han hade som vanligt kollat posten, druckit sitt kaffe och plockat med sina osynliga spöken. Han hade visslat på katten. Kommit på att den var borta, sörjt den.

Framemot eftermiddagen hade han fyllt badkaret, klätt av sig och satt sig. Hade skrubbat sig över hela kroppen, rivit med naglarna över den skrynkliga huden. Stirrat tomt framför sig tills badvattnet svalnat.

Han hade hällt upp en sup som han svept och hällde upp en till.

Hade plockat fram papper och penna, och skrivit ett brev som han lagt bredvid tummen i kistan.

Sedan hade det blivit kväll.

Nu klädde han sig i kostymen han lagt fram; mörkt grå, samma som han hade haft på Helmis begravning. Han satte på sig finbyxorna och det vita skjortbröstet med stärkt krage. Blev riktigt stilig. Endast strumporna var nötta och trasiga. Ett stort hål blottade den ena hälen.

Han gick runt i torpet och ut på farstun och skålade mot trädgården.

"Skål då", sade han och höjde den mot den skymmande himlen. "Och tack".

Så drog han ett andetag och gick in igen. Han genomforskade torpet en sista gång. Lät blicken leda honom och hans tankar, från vägg till vägg, golv till tak i de hemvana rummen. Och efter han hade stannat gökuret och slätat till överkastet, lade han sig med Helmis aska på sängen för att dö.

Den gamles brev:

Kära bekanta

Jag har levt mitt liv och allt är gott

Min tid är kommen ajö

Det lilla jag har kan skänkas bort

I övrigt önskas jordfästelse

Frid

TOLV

Han hade väl trott att det skulle vara enkelt. Att om han bara lade sig ner och gav upp andan så skulle det gå av sig självt. Han låg länge och tittade ut genom nattfönstret. Hade en föreställning om att bilder från hans liv skulle flimra förbi som tågvagnar – en efter en – i en enda lång svans, för att sedan fara in i en svart tunnel utan slut.

Varken vagnar eller tunnlar kom.

Det var kompakt tystnad.

Tonen var borta.

Han lade armarna i kors ovanpå bröstet. Slöt sina ögon. Försökte igen.

Han öppnade ögonen. Allt var kvar. När han rörde sig knirrade det i de utslitna sängfjädrarna. Han fingrade på plastbyttan med Helmis aska och stirrade upp i taket där fuktfläckarna var både mörkare och större än i köket. Efter en stund tyckte han sig se ett ansikte som log mot honom i fuktens mönster. Ögonblicket senare var det borta.

Någonting sjönk i magen på honom. Han började huttra och funderade på om det hade slocknat i spisen. Sängen var kall och rå, och kändes både hård och träig mot skuldrorna.

När det gått några timmar eller så, tippade han benen över sängkanten och klev upp. Han drack ett glas vatten och tyckte det kändes skönt i hans torra strupe. Han övervägde att skruva på radion och se om det fanns något vackert att lyssna till sådär i sista timmen.

Det började bli morgon. Ett trött skimmer fyllde kammaren. Fågelsången var hög. Han satte sig på sängkanten och funderade om han skulle avbryta sina planer. Skulle kanske kunna skjuta upp det till nästa dag. Han slickade sig om läpparna och tänkte att döden hade en smak.

På förmiddagen låg han i sängen igen. Det hade börjat regna och han tänkte att: tiden gnager på evigheten. Livet i sig är en evighet, kort som långt. För inom livets tidsramar finns allt som någonsin kommer att finnas. Vad mer kan man begära?

Han såg regnstrimmor slingra sig utför fönsterrutorna. Regnet kröp allt tätare in i träet och trängde fram i fuktfläcken i taket och droppade ner på hans panna. Han reste sig upp. Det fanns en sak som han bara måste göra innan han fortsatte med att dö.

TRETTON

Regnet hade tilltagit. Luften var frisk och ljuset samlat i ett milt sken över trädgården. Den gamle bar fortfarande begravningskostymen när han klev ut och hasade i snigelfart bort mot stegen. Han kom fram och skuggade ögonen med handen och såg upp mot taket. Tårarna letade sig uppåt istället för neråt i blåsten. Stegen slutade högt där uppe, liksom i himlen. På några ställen gapade det tomt där tegel en gång suttit. Det dög inte att fukten trängde in som den gjorde. Det måste rättas till.

Några tidiga myggor sög blod nere vid fotknölarna. Enstaka nyckelpigor klättrade omkring och letade efter lusiga blad att kläcka ägg på. Den gamle harklade sig och spottade. Vinden tog loskan. Han böjde sig ner och tittade på tegelpannorna som låg utspridda vid fötterna. De hade sjunkit ner en bit i marken, en plös av mossa växte över och när han lyfte ett tegel gav den ifrån sig ett sugande blött ljud. Under var gräset platt, gult och fullt med skalbaggar. Han gned med fingret över den skrovliga ytan och lade tillbaka tegelpannan. Lät den ligga. Skulle först och främst ta en titt, om det så var det sista han gjorde.

Han fattade tag i stegen och började klättra. Trots att han hade magrat bågnade stegpinnarna under fötterna. Han tog pinne efter pinne, ett steg i taget. Halvvägs blev han stående en stund medan vinden tog tag i håret. Det var högt och det var tungt. Han tyckte att blåsten trängde in i bröstkorgen. När han balanserat till jämnhöjd med takrännorna hamnade han öga mot öga med en skata, överrumplades, tappade balansen, halkade till och föll huvudstupa ut i tomma luften. Han for med en svindlande fart ner i en sänka i gräset. En liten gräsdämpad duns och sedan blev allt svart.

Sju år tidigare – Blod och fjädrar

Radion spelar. En raspig röst som sjunger på engelska. Det är både trallvänligt och vemodigt.

Han ser hur hon ler och följer med i musiken. Hon lägger då och då ner handarbetet i knäet. Blundar och njuter. Solen blänker i håret.

Själv ligger han raklång i soffan. Låter ögonen grumlas. Han hör stickorna pingla. En humla surrar ibland.

"Vad tänker du på?" frågar Helmi. Rösten är mjuk och varm.

Han tittar upp och ser Helmi som lutar sig över honom.

"Vad drömde du om?" frågar hon.

Han ser sig omkring. Märker det inte först, att han har gråtit. Han täcker sitt ansikte med handen. Helmi skrattar och reser sig från soffan.

"Kom så får du kaffe och bulla."

"Jag hade en mardröm", säger han.

"Jag hörde det", säger hon. "Vill du berätta?"

De sitter vid köksbordet. Han tuggar klart på en bulle. Det är tyst i torpet. Det blåser i träden utanför fönstret. Han sväljer. Tar tid på sig.

"Jag var… Det var ljust…", börjar han.

Han kupar en hand framför ögat. Håller den kvar.

"Ljust…", säger han och tittar på henne med ena ögat.

"Usch vilken mardröm…" Helmi skrattar lite. Rynkorna runt hennes ögon blir tydligare i det solbruna ansiktet.

"Förlåt, fortsätt…" Hon tar fram sin stickning. Det pinglar från stickorna. Han gnider sig i pannan och kisar ut genom fönstret, försöker minnas. Någonstans ifrån skogen reflekterar solen något blankt. Han ser en solkatt mellan träden och blundar.

"Och mitt i allt ljus… var det blod", säger han.

"Blod? Hua…!" Helmi skrattar och pinglar.

"Blod", säger han och ser på Helmi. "Blod och fjädrar".

Sedan tillägger han:

"Och jag… jag låg i gräset."

Sommar

"Uppvaknandet är ett fallskärmshopp från drömmen"

Tomas Tranströmer – Preludium

FJORTON

Hjärtat hade stannat en stund, liksom blodet och syretillförseln till hjärnan.

En ton hade tystnat.

Sedan kom livet sakta glidande tillbaka och den gamle fick en känsla av att han inte slagit ner i marken, utan fortsatt hänga kvar i luften.

Han var inte död.

Nu sjöng fåglarna för varandra, från gren till gren, träd till träd och berg till berg, i långa ekande crescendon. Det gnisslade från den hemmagjorda torkvindan och det susade i buskskogen. Hjärtat fortsatte att pumpa runt med det föråldrade blodet, ut genom en artär och in genom en ven, samma gamla visa om och om igen likt en grammofon som aldrig slutar spela.

Bit för bit kunde han känna den tunga marken under ryggen.

Var han hel?

Döden hade kastat en skugga över honom men inte siktat ordentligt. Han låg och tittade på snedden längst marken. Genom ett grått lager, likt nersmetat smörpapper såg han stegen han fallit från. Urskilde den taggiga skogskanten och äppelträdet som sköt ut sina grenar över honom. Han prövade att resa på sig men sjönk tillbaka. Ryggraden kändes som krossat salt. Det gick våldsamma stötar, som ispilar och eldgafflar som härjade i kroppen.

Dagen gick vidare likt en dröm, vag och ofattbar. Gräset blev svalare och fuktigare under ryggen. Solen sänkte sig. Grantopparna såg ut att när som helst slå ut i lågor. Kvällsljuset sköt in mellan grenarna så hela trädgården skiftade i röda, varma toner. Helt kort, solen gick ner.

Inifrån torpet lyste ett matt, gömt sken. Det var från skomakarlampan ovanför köksbordet. Han lyssnade koncentrerat. Och träden lyssnade också. Oron var en hare som skuttade i magen. Kallsvetten bröt fram och det stramade som om något var på väg att brista. Kanske var det dags? En explosion och livet skulle forsa ur honom.

Var det redan bestämt hur hans liv skulle sluta?

Var det han som hade fallit från stegen eller var det jorden som hade dragit honom till sig?

Hur det nu än var med den saken, skulle han slutligen få dö, vare sig han ville det eller inte. För sant är att om ett äpple faller från sitt träd ruttnar det om ingen tar reda på det.

Vindarna närmade sig i långsamma prassel. En svart korp flög över trädtopparna och försvann in i den mörka skogen. Svärmande mygg.

FEMTON

Han låg morgonfrusen med stela, värkande leder och styva kalla fingrar som sakta fick liv. Ansiktet liknade ett omanglat lakan. När han hostade lät det som en spade som skavde mot en sten. Det skar i ögonen och han genomglödgades av smärta.

Men det gick an.

Han blängde på stegjäveln som reste sig högre än den någonsin gjort. Försökte häva sig upp men segnade snart tillbaka. Ryggen var fördärvad, knäckt som en torr kvist.

Han tittade mot torpet, kisade och kunde ana telefonen innanför fönstret. Förde handen till bröstfickan och tog fram ett glasögonfodral. Drog fram glasögonen och upptäckte först efter att han satt på sig dem att bågarna saknade glas. Glasbitarna låg kvar i fodralet.

Tiden var en snigel.

När kvällen kom var allting tyst. Skogen andades. Landskapet var blygrått, himlen mörkröd. Han jämrade sig. Sedan skrek han ut alla svordomar som han kunde. Rabblade upp dem alla liksom i en sång för naturen. Skrek fast ingen hörde honom. För det var ett ynkligt fågelungeskrik som fick gräset att susa högre och insekterna att surra gällare.

Växterna prasslade och himlen dånade. Och tonen rev i hans hörselgångar. Minuterna blev till timmar, timmarna till dagar och dagarna till ett snurrande maraton av känslor. Vinden hade tagit hans röst, himlen hans styrka.

Ännu en morgon. Solen strålade och luften var fylld av frömjöl. Bofinkarna spelade från topp till topp i en kedjereaktion över omgivningen. Träden skiftade i grönt. Knoppar hade svullnat och bladen hade vecklat ut sig till fjuniga musöron.

Den gamle tog av glasögonen utan glas och gnuggade sömnen ur ögonen. Tankarna styrdes efter välkända mönster. Han ville kliva upp och sätta på kaffepannan, tvätta sig och gå ut och hämta tidningen. För en stund trodde han sig ligga i soffan och i sin glädje över att få stiga upp tog han sats, men det tog tvärstopp.

Stora stackmoln rörde sig sakta över himlen, svävade fram som knubbiga noshörningar.

Den gamles läppar var torra och flagnade. Det hade gått många timmar, till och med dagar, sedan han föll från stegen och törsten var en plåga. I ögonvrån kunde han skönja den grönmålade gårdspumpen. Den låg löjligt nära, ändå så långt bort. Så länge han inte hade en orangutang i fickan, fanns inget att göra. Han drog med handen över gräset. Handflatan blev våt av dagg. Kall fukt att stryka på läpparna.

Törst går att släcka. Det är svårare att fylla den isande tomheten som vidgar sig innanför en människas bröstben.

Dagen gick medan den gamle låg i äppelträdets svala, inneslutande skugga och tänkte på döden. Han tänkte att alla döda människor blir likadana. Blir till stoft.

Fåglarna kvittrade i långa och plågsamma stycken.

Förstämt betraktade den gamle omgivningen genom sina vattniga ögon. Han hade sett allting redan. Ändå sökte han med blicken åt alla håll. Tills en bild kom för hans inre syn. En uppbränd skog med mark täckt av aska och med döda uppbrända träd som stack upp som svarta skelettdelar. Ett dystert landskap där det fortfarande steg plymer av brandrök och längre bort en kruttorr och ansatt skog. Han tänkte att döden var ett sotigt ansikte i en skogsglänta.

Den sol som vandrade ner på kvällen var kall och ogästvänlig, som om den ville undvika världen. Natten fällde ner sitt visir. Och sedan kom nattkänslan.

Han längtade efter rena sträva lakan.

Om han skulle ta och ropa på hjälp? Tänkte han. Ropet skulle bara sugas upp och kvävas i den dova tystnaden. Möjligen skulle det eka en aning mellan stenhällarna för att sedan leta sig tillbaka till honom själv, som om det låg en annan gubbe där borta på åsen som i sin tur behövde hans hjälp. Det stack till i näsan. Hans händer började gräva i mörkret som om luften var gjord av lera och natten var en grav. Kanske skulle det gå att klösa sig bort, rispa upp en springa av ljus.

Han somnade och vaknade i omgångar. Det var samma gamla gravtystnad i dalen. Tonen var avlägsen, en vilande vulkan. De spelande ängsgräshopporna lät kvävda i den sugande grönskan. Det kuttrade som trastungar i magen på honom och han tänkte på hur allting hade varit några veckor innan, när han stod i trädgården på väg in för kvällen. På hur den kyliga luften hade varit på nästan samma sätt då som nu. Skillnaden hade varit att han då hade stått upp istället för att legat i gräset, varit mätt istället för hungrig och hade kunnat värma sig i torpet istället för att frysa och känna hur han kissade på sig i finbyxorna.

Den åldrande människan skrumpnar. Det är en långsam oupphörlig process. Muskler och organ förlorar vikt och krymper.

Han tänkte på tallstubben som han brukade sitta på som ung. Den skulle behöva decennier för att ruttna. En granstubbe ruttnar inifrån, en tallstubbe i regel utifrån. Om den inte brunnit hade den stått kvar. Den hade sannolikt varit för låg för att en slaguggla skulle vilja bygga ett bo där. Men den skulle krylla av insekter, ett helt samhälle av liv.

Den gamle makade försiktigt på sig. Ryggkotorna kändes ihåliga som om maskarna redan varit där och ätit av benmärgen, gjort små hål där de bosatt sig.

Han började längta efter det ena och efter det andra och tänkte att det var kanske inte så dumt att leva trots allt. Leva och tänka på att man lever. Andas och tänka att man andas. Och känna att man känner.

En fågel flög förbi. När den gamle höjde blicken tyckte han att träden hade böjt in sina grenar och kommit till ro. Han tänkte på Helmis köksträdgård. Mogna rödbetor direkt ur jorden. Det vattnades i munnen. Han kände hur hungern rev som naglar i magen. Han tänkte på skivad potatis, på kall öl upphällt i ett glas, på gräddfil och dill. Huvudet var så fyllt av mat att han borde vara mätt. Tur var att han hade levt på svältgränsen under lång tid. Att han var van.

Han drog med handen över marken. Rev loss en näve gräs som han stoppade i munnen. Näve efter näve åt han av gräset. Spottade ut en boll av beska maskrosstjälkar. Pillade sig själv på bröstbenet. Rättade till små osynliga bordsduksfransar.

Han var mätt och tonen steg hoppfullt, spelande.

Kanske, tänkte han och vågade knappt tänka klart meningen.

Kanske…

Han lyckades få fram sin lilla medicinburk ur byxfickan och kämpade med det barnsäkra locket.

… kan jag kliva upp igen en dag.

SJUTTON

Den gamle började känna sig hemmastadd i gräsgropen. Varje morgon tvättade han av sig som han brukade. Använde sig av daggvått eller regnblött gräs, mossa och löv. Han åt och drack av det han kom åt, testade sig fram bland blad och rötter. Hittade nya rutiner. Nya recept.

Under de veckor som gått sedan fallet från stegen hade han vacklat mellan hopp och förtvivlan, mellan att vilja leva och att vilja dö som om det vore två rum som han kunde välja mellan. Att välja döden hade visat sig vara svårare än han trott. Han valde därför att leva.

Gräset var högre nu. Solen varmare. Och ängarna brann av blommor.

Han kunde äntligen andas ut. De hesa andetagen ackompanjerades av den härliga ljusa vinden och sorlet i trädkronorna, av tonen i huvudet och fågelsången som gick rakt genom honom som vässade pilar.

Han såg på insekterna som flög upp och ner över gräshorisonten. På gräshopporna som låg och solbadade på grässtråna. Själv låg han i ett flimrande landskap av vinkande och svängande grönska och när han knäppte händerna bakom nacken syntes hela hans kranium under den solbrända huden. Skägget hade växt, det var grovt och tovigt. Begravningskostymen började bli mossig och jordig på sina ställen. Några rötter hade växt upp under ryggen, letat sig fram och spänt sig över hans kropp. Ibland blev han tvungen att rycka loss handen från någon seg rot som snärjt sig runt handleden. Det var som om naturen ville hålla honom kvar.

Han plockade lite av stensötan som han stoppade i munnen.

Borta vid vattentunnan pressade en talgoxe in näbben under sin vinge och burrade upp sig, rund som en boll.

Vinden tog sig tid att pausa.

Den gamle såg upp i trädkronan. Det darrade som om vart och ett av löven hade ett eget liv. Han såg på de små knopparna som snart skulle bli äppelkart. Mellan grönskan syntes himlen stor och stilla. Under honom låg den fuktiga jorden. Den var sval men något stickig av gräs, den var mjuk men något knölig av rötter. Jorden var tung och klumpig, himlen var lätt. Han ville så gärna leva men… ingen, tänkte han. Skulle hitta honom.

ARTON

Han kunde vakna kallsvettig och se sig omkring, försöka hitta fasta
väggar som blicken kunde vila på, tapetmönster att följa eller
fuktfläckar att bekymra sig över. Istället såg han in i ett vaggande gräs
som ibland öppnade luckor mot den ljusa sommarnatten,
sommarkvällen eller sommardagen. Dygnen flöt ihop.

Det hade varit en mulen och skugglös morgon. Bromsarna hade skurit
härs om tvärs genom luften. Han hade sovit djupt med ena kinden
lutad mot en uppstickande rot. Nu kände han lukten av jord och
smaken av blod. Han visste inte vad klockan var, tid var något
sekundärt, något som spelade spratt. Det fanns inget gökur att vrida
upp. Han harklade sig, hostade och muttrade, det var hans sätt att
prata med sig själv. Om han inte gjorde det skulle han tappa alla de
mänskliga drag han hade kvar och förvildas. Kanske skulle han sluta
som en växt, en blomma eller som en av alla miljoner grässtrån.

Det hände ibland att han kunde känna från brandrök och hetta mot
ansiktet. Han kunde höra dånet inifrån skogen. Bränder som härjade.
Att någon behövde hans hjälp. Han visste vad som måste göras men
han kunde inte kliva upp. När han vaknade kunde han fortfarande
höra skriken.

Drömmarna kom allt oftare i gräset men minnet var fortfarande
svagt. Han kom endast ihåg små spillror från hans tidigare liv, oftast
helt ovidkommande saker. Han visste att han hade bott inne i torpet.
Torpet fanns på riktigt. Det reste sig intill honom och verkade större
nu. Han kunde se framför sig en dag där inne så som det hade sett ut

det senaste året. Hur han eldade och drack sitt kaffe och tog sin hjärtmedicin. Hur han hämtade sin post och bäddade sin säng. Han visste att Helmi var borta men kunde inte se henne fram för sig. Istället såg han något av hennes ofärdiga handarbeten.

Han kom ihåg och saknade vykorten. Saknade att tvätta sig med tvål. Och spisen som värmde så skönt. Han saknade att av egen vilja stiga ut genom dörren till ett hav av ljus och sedan gå in i skuggan igen och stänga dörren om sig. Han önskade att han kunde stiga upp från gräset och fortsätta sitt liv som förut.

Ibland låg han vaken och tittade upp mot köksfönstret och den röda telefonen som syntes där innanför. Han saknade en röst, vem som helst, någon att prata med. Det var så mycket som han skulle vilja berätta. Dela med sig av sina tankar.

Skulle den som pratade med honom veta hur marken kändes i ryggen när den hade svalnat på kvällen? Hur rötterna lät då de växte? Hur det såg ut när blommorna öppnar sig för fjärilarna? Eller hur det kändes att bli väckt av en fågel som drog en i skägget?

Han var helt ensam och ändå inte riktigt ensam i ett stort hav av gräs.

Trettitvå år tidigare – Helmi kommer på besök

"Vad heter du då lilla vän?"

Han gissar att hon är tre eller fyra år. Hon har ljusa flätor, glasögon och skelar något.

"Tanja." Hon fnissar lite och vänder blygt bort ansiktet.

Han låter ljudet av hennes röst klinga av. Funderar lite. Det är ett fint namn.

"Hej Tanja", säger han.

Han ler och drar med fingrarna över skäggstubben på hakan. Hon fnissar igen.

Bredvid på kökssoffan sitter den andra flickan, några år äldre. Han gissar att det är storasystern. De har samma ovala ansiktsform, rundnätt med barnets trinda kinder och ett par liknande skrattgropar. Den äldre har inga glasögon.

"Och du då?"

"Marja."

Hennes svar kommer snabbt. Rösten låter äldre, den klirrar som porslinet på en bricka.

Han vänder sig till Helmi som sitter på sidan om. Hon ler mot flickorna, lyfter upp sin kaffekopp och tar en sipp. Ställer ner koppen på fatet och lyfter axlarna till en suck. På bordet finns ett fat med bullar och finska pinnar. Helmi ler igen och han ser på henne. Hon är solbränd och har rynkor kring ögonen. Ser frisk ut. Har mittbena och en fläta som hänger långt ner på ryggen. Ovanför örat sitter en instoppad vitsippa.

En lång tystnad ligger på deras läppar. Det har inte vädrats många ord, endast små lätta fraser: "Hur mår du, bra, hur har du haft det, jo bara bra, och du själv, jo... jag klarar mig." Korta frågor. Enkla svar. Meningar som aldrig avslutas. Tankar som inte törs sägas, som kan riva upp.

En fråga har dock växt hos honom medan de sitter där: "Vems är flickorna?" Han vill fråga men törs inte.

Flickorna sitter stilla och är artiga. För varje minut som går blir tystnaden svårare att mota bort. Små avslöjande blickar. Vridningar på kaffekoppar. Insikten om att klockan är i närheten.

Den yngsta flickan börjar sparka med fötterna under bordet. Hon tittar sig omkring i rummet. Gör honom påmind om hur ostädat han har det. Om han bara hade vetat att han skulle få besök hade han plockat undan och städat lite. Vad ska Helmi tro om honom? Han tycker sig känna lukten av ovädrade sängkläder. Han ser smutsen. Det är som han inte hade städat sedan hon togs ifrån honom.

Men nu är hon här igen.

Han visar flickorna det gamla tumtricket. Tummen av, tummen av och så var tummen verkligen av. Flickorna tittade på varandra med stora ögon och fnissar. Helmi ser på tumstumpen men låter bli att fråga. Mycket har förändrats. Mer än bara tummen.

Han ser på Helmi, som möter hans blick. Sedan blir hon tvungen att resa sig. Flickorna skyndar upp och följer efter. De tackar snabbt för saften och bullarna och kakorna som de inte rörde. Han sitter kvar vid bordet med ryggen mot dörren. Han är inte sorgsen, inte glad. Det är någonting annat, något med luften. Det är som den är trögare att andas. Helmi står kvar i dörröppningen. Han känner hennes blick mot ryggen. Den bränner.

Han stapplar ut på farstubron och hör bilen försvinna längst grusvägen. Tar några steg ut i trädgården, rycker åt sig fiskespöet och går in i skogen mot ån.

Dagen är gråmulen och kvav. Han känner stor lust att kliva ner i vattnet. Ån ser djup ut. Mörkt vatten som väller fram utan slut. Han skulle kunna lägga sig ner och följa med i strömmen. Se vart den skulle föra honom. Bara ligga kvar och lösas upp, bli mat åt gäddorna neråt lugnvattnet.

Han sätter sig på huk vid åkanten. Drar in alla lukter. Minns tillbaka. Ser flickorna och Helmis ansikte framför sig. Hade de verkligen suttit där? Han har inte tänkt på Helmi på länge. Nu kom all saknad tillbaks. Hon hade varit borta från honom i tolv år, i tolv hela år. Han visste att det aldrig skulle kunna bli som förut. Eller skulle det? Han reser sig upp och lägger händerna bakom nacken. Ser upp i himlen. Blundar.

Hennes blick bränner och han vänder sig om.

"Vänta…" Han reser sig från stolen men står kvar.

"Vart bor du…?" frågar han.

" Hos Ulla…" svarar hon.

"Ja ja…"

Han stoppar händerna i fickorna. Helmi tvekar vid dörröppningen. Ser ner i golvet.

"Kom och hälsa på någon gång", säger hon.

Han nickar. Hon nickar tillbaks och vänder sig om.

"Varför kom du hit?" frågar han.

Helmi stelnar till och sedan går hon ut.

Han sätter sig på huk vid åkanten. Funderar på hur han skulle ta sig in till Ulla i byn. Volvon är trasig. Det gör detsamma, tänker han. Jag går.

Han känner hur värme sprider sig i kroppen. Det är lycka. Det är hjärtat som sväller. Han tar ett kliv ut i ån. Vattnet når upp till midjan. Han låter sig falla bakåt och glider sakta neråt strömmen. Ser upp i trädkronorna som sakta vaggar i vinden. Helmi ska få veta att han har saknat henne. Hon ska få veta att han inte är besviken. Han hade varit tyst i så många år. Nu ska han säga allt det där som han har gått och tänkt på.

Den gamle skruvade av locket på medicinburken och tog ett piller. Det låg och smälte en stund på tungan innan han svalde. Han behövde det. Hjärtat hade fått det allt svårare att pumpa runt blodet. Ibland kunde det stanna till i några tysta skälvande sekunder, innan det slog igång igen med en knyck. Det var någonting märkligt mekanisk över det hela. Liksom göken som hoppade fram ur uret, inte alltid i tid men när den hade lust så. Han hällde ut de resterande pillren i handflatan och räknade.

Ett... två... tre...

Andningen kom i ömsom långa rossliga, ömsom korta avbrutna tag.

Fyra... fem... sex...

Han drog in luft genom näsan.

Sju... åtta... nio...

Det var bara ett dussin piller kvar. Snart slut! Vad skulle hände sedan? Det malde i hjärnan på honom, runt och runt som en slipsten som sakta putsade fram tankar.

Solen visade sig genom en grådaskig men klarnande himmel. Dagen värmdes sakta upp. Han kände hur det kliade i kroppen. Han stack in handen innanför skjortkragen och pillade och skrapade men upptäckte att så fort det lättade, började det om på något annat ställe. Han slet loss armarna från de klängande rötterna. Klöste hårdare och snabbare med naglarna tills huden blev röd och fnasig. Det började svida och stickas på ställen han inte kom åt.

Och så fortsatte det.

Bäst var att inte tänka på det.

Han började räkna molnen på himlen. Det gick trögt, han började om. Gång på gång räknade han tyst för sig själv, först hetsigt och sedan stillsamt. Det hjälpte. Han förvånades över hur vissa moln sakta bara försvann medan andra uppstod från ingenstans. Det här hade han aldrig sett förut, trots att han var så gammal.

Han kilade fast rakspegeln i en grenklyka på äppelträdet och sedan stod han där. Det var en liten ritual han hade för sig, när han gjorde sig fin. Med åren såg han sig själv åldras i spegeln. För varje sommar åldrades han ett år till. Han blev bekymrad och tänkte på hur skäggstråna skulle bli gråa och sträva, sedan vitna. Hur huden skulle bli grövre och rynkigare, ögonen gulare och hängigare. En dag skulle han bli tvungen att ha sina läsglasögon för att överhuvudtaget kunna se på så nära håll.

En dag hade han bestämt sig för att inte gå dit. Han ville bevara en plats på jorden där han fortfarande var ung.

Spegeln hängde kvar. När solen stod lågt träffades den av solstrålarna och sköt iväg en solkatt mot torpet. Han kunde se solkatten från gräsgropen men förstod inte vart det kom ifrån eller vad det var som åstadkom det vackra ljuset. Men han kände att det var något bra. Något som en gång hade varit hans.

Den gamle drog djupa andetag tills det lättade. Släppte taget om grästuvorna och sjönk ihop och lyssnade.

Gräsviskningar och...

Han förundrades över dagens alla ljud.

... fjärilsvingar genom gräset, humlesurr från ett blommigt rum till ett annat, solklirr i tegelpannorna...

Han hörde rådjursflykt i skogen. Ljudet av fallande kottar. Det sorgsna visslet genom ihåliga trädstammar.

Snart blev ljuden många, överväldigande och svåra att räkna.

Han spanade upp i äppelträdet och anade en fågel av något slag i bland grenarna. I ett flax var den borta, iväg på virvelsnabba vingar.

Han tänkte sig in i småfåglarnas liv. Han tänkte sig in i trädens liv och solens liv med alla dess strålar och speglingar. Han tänkte sig in i droppens liv och myrans liv, och han glömde nästan bort att han hade ett eget.

Solen glödde oupphörligt på den dallrande himlen. Några stirrbin stod nästan stilla i luften som om de hade all tid i världen.

Hur länge hade han legat där? Han räknade efter. Det föreföll som han alltid hade legat där. Att det inte kunde ha varit på något annat sätt. Ändå kom han ihåg lite i taget. Små, små minnen likt såpbubblor som steg och sprack framför hans ögon. Dygnets långa timmar... Det fanns mycket tid för att tänka och fundera. Klockan slog då och då. Men det *var* inte klockan. Det var ljudet inifrån hans eget huvud. Han lade händerna bakom nacken. Hur som helst, hur som helst – han kände inte längre att tiden sprang ifrån honom. Himlen var hans tak nu. Gräset var hans väggar och jorden hans golv. Han kunde blicka upp i det oändliga och känna att han inte ville ha det på något annat vis.

När de flesta småfåglar hade tystnat mot eftermiddagen sjöng trasten. Den färdades fritt och utan hinder i den stilla luften. Sedan tystnade även den. Bara en tryckande lövtystnad.

Om man bara andas, tänkte han. *Blir allting bra.*

I kvällens sista solstrålar tycktes fåglarnas vingslag skifta i guld. En lätt fluorescerad dimma steg ur marken och spred kyla. Ögon tändes i gräshavet. Minnen gled sakta förbi som hajar i natten.

Tiden var böjlig. Den kunde stanna precis som den hade gjort i fallet från stegen då han blev hängande i luften – innan den hårda marken, innan den vassa smärtan då han hade landat.

Om tiden kunde stanna...

Träden stod verkligen stilla. Dag och natt steg och sjönk in i varandra som älskande par. Ungefär så.

Om tiden kunde vända...

Trettitvå år tidigare – Helmi kommer tillbaka

Han har blöta kläder. Det plaskar när han går tillbaka till torpet. Vid varje steg tänker han på Helmi. Vad han ska säga när han träffar henne.

Han skyndar att byta om. Lämnar sina blöta kläder i en hög på golvet och börjar vandra mot byn. Om han pinnar på kan han vara hos Ulla innan kvällen. Det borde inte ta mer än två timmar. Han genar över ett fält. När han kommer ut på vägen igen svänger en bil upp intill honom och stannar. En ung man erbjuder honom skjuts.

Det sägs ingenting på hela vägen. Den unge mannen verkar lika tystlåten som han själv. Båda sitter i egna tankar. Ingen får för sig att säga något till den andre.

Han tänker hela tiden på Helmi. Det är så mycket som han vill fråga henne om. Hur hon har haft det? Vad var det egentligen som hände den där dagen? Är hon frisk nu? Om hon har saknat något, kanske honom? Han ser på landskapet som flyger förbi i långa streck utanför fönstret. På solen som blänker i backspegeln.

Han vrider och vänder på ord han aldrig förr har uttalat. Han säger allt det där han bara tänkt men aldrig vågat säga. För första gången talar han från hjärtat. Hon sitter still och lyssnar. Han anar att någon tjuvlyssnar i dörrspringan till köket, kanske är det Ulla, kanske är det någon av flickorna – han vet inte. När han har sagt det han vill säga går de ut.

Han känner sig mycket lugnare då de promenerar tillsammans. Han vänder sig om och ser en gardin röra sig i fönstret. Han tänker att det är Ulla. Hon som är som en syster till Helmi. Hon bodde på en bondgård då Helmi togs omhand som finskt krigsbarn. I familjen hade Ulla, som är några år äldre, blivit hennes bästa vän. Och det hade nog aldrig förändrats.

Helmi går först och han efter. Ibland vänder hon sig om och möter hans blick. Han vet inte riktigt vad hon tänker, hon har inte sagt någonting ännu. Han vill säga något mer, men känner sig helt uttömd; har sagt mer på några timmar än han har gjort på flera år. Han önskar att hon kunde säga vad hon tycker, så han går ikapp och de går bredvid varandra precis som de en gång brukade göra efter bion, då de var unga.

På kvällen får de skjuts tillbaka till torpet av Ullas man. Helmi har lämnat flickorna kvar hos Ulla.

När de kommer in i rumsmörkret tänder han upp med några lampor. Det är fortfarande dunkelt men när de ställer sig mitt emot varandra kan han se blänket i hennes ögon. De står tysta en lång stund. Bara andas.

Hennes händer glider upp över hans rygg och hon lägger kinden mot hans axel.

Hennes ögon – hon gråter.

Hon lutar sig i hans famn. Två hjärtan möts. Deras pulsar slår om varandra. De är tillsammans igen som om allt som hänt, alla år de varit skilda, aldrig funnits. Och hela tiden kokar han över av kärlek.

De ligger vakna i sängen och pratar. Natten är ljus och varm och solen färgar väggarna i varma toner. Hon berättar hur hon har haft det.

Berättar om mentalsjukhuset, om tvånget och sjukdomen. Hon berättar om den andra mannen som hon inte längre träffar och om barnen hon födde, hennes döttrar. Flickorna.

Sedan berättar hon för honom om barnet som hon dödade. Och han lyssnar. Han lyssnar hela tiden utan att säga ett ord. Han kan inte slita blicken från henne. Hon har magrat. Men hennes ögon är återigen pigga som två strålar. Inte som då… innan hon togs omhand. Nä, det vill han inte tänka på. Då var ögonen trötta och simmiga och hängde inte riktigt med.

Hans hjärta slår med ömmande slag. Ögonen klipper och det susar i öronen, ett dånande snäcksus.

På morgonen går han ut på farstubron medan Helmi fortfarande sover. Han sträcker upp sina händer som för att fånga solen. Undersöker sina händer. Tittar på naglarna med bruna, spruckna kanter och med vita halvmånar längst in vid nagelbandet. Han har ett finger mindre nu än sist. Annars är nog allt sig likt. *Helmi*, tänker han. Han vill fortfarande leva med henne. Och nu är hon tillbaka.

Hon hade ruvat på en hemlighet, en fruktansvärd hemlighet. I hennes mörkaste stunder blev det för mycket. Och när graviditeten var ett faktum kom det som en chock. Barnet måste bort. Inte för att hon inte skulle klara av att föda ett barn. Det skulle hon. Kanske rent av bli lyckligare. Men det hade hänt något i hennes kropp, i hennes hjärna… hon visste inte. Det var bara… omöjligt.

I vissa stunder var hon nöjd med livet, det var hon. Ändå, hon ville bara dö. Allt var fel. *Tiden. Platsen. Han.* Det var ingenting som hon ville prata med honom om. Hon ville inte prata med någon annan heller för den delen. Det här var hennes hemlighet. Och så ville hon att det skulle förbli. Hon gjorde det hon trodde var bäst. Visste inte att det skulle bli så fruktansvärt, inte ens i sina vildaste fantasier.

Blodet. Smärtan. Ångern.

Hon visste inte att hon skulle bli så påverkad. Totalt vansinnig. Det blev för mycket. Människan i henne fanns inte kvar. Helmi fanns inte mer. Hon hade blivit någon annan. En *mördare*, en *hatare*. Hon hatade hela världen och mest av allt sig själv. Ingen skulle få älska henne. Ingen skulle ta i henne mer. Hon skulle aldrig äta mer, aldrig mer andas! Livet var slut. Det skulle väl bli tvunget, förr eller senare hade hon vetat att hon skulle behöva prata ut om det. Han förtjänade att få veta.

Efter hon hade berättat allt för honom hade hon tänkt att hon skulle kunna lämna honom för gott. Så blev det inte.

TJUGOTVÅ

Den gamle hade tio tabletter kvar. De låg i handflatan. Han åt dem inte längre varje dag. Tänkte att han ville spara, så han hade kvar, utifall.

Himlen var ren på moln och luften breddad av fågelsång.

Förr om åren hade han tyckt om fåglar. Han kunde peka ut de flesta arterna. Ville vara en fågel själv. Deras vackra sång och deras sätt att ge sig iväg uti luften – i frihet och utan rädsla. Vad fanns där inte att gilla och avundas? Blev det tyst i träden var det något som var fel. Efter Helmis bortgång glömde han bort även de vanligaste sorterna; fåglar intresserade honom inte längre. De väsnades, de skrattade och de hjälpte inte till ett dugg.

Han följde en svala högt uppe på himlen. Den fällde in vingarna och dök. Han sökte vidare och fastnade med blicken på skatboet i björken. Det var en imponerande konstruktion, det måste han ändå medge; tätt sammanflätat av pinnar och rötter och fodrat med torv. Byggnationen hade krävt idel arbete, speciellt med tanke på att den byggts utan armar och händer, utan hammare och spik. Boet hade ett spretigt tak förvisso, men det skyddade mot väder och rovfåglar, möjligen. Där fanns två runda hål för skatan att ta sig in och ut genom.

Skatungarna hade på kort tid förvandlats från små ludna bollar till fullfjädrade, ivriga fåglar som länge förberett sig, innan de gav sig iväg.

Den gamle tittade och lyssnade. Nu var boet övergivet. Det började bli glest och trasigt av vinden. När han såg en skata kunde han tänka att det kunde vara någon av hans små grannar som hade kommit tillbaka för att hälsa på.

Det hade blivit tyst och ganska tråkigt. Han funderade på vad det var med fåglarna som hade stört honom så mycket. Till skillnad från innan hade han börjat vänja sig och tycka om dem. Han roades av att följa deras upptåg. Koltrasten som han jagat från jordgubbslandet såg han nu med en drömmares blick. Han lyssnade med vemod till dess melodiska sång.

Någonstans i närheten tog en blåmes över. Den larmade om fara med sin silvertunga och plötsligt var koltrastarna liksom alla andra småfåglar borta. Ingenting hände, det var falskt alarm och faran var över. Trädgården kunde åter fyllas av fåglar. Han såg en kaja landa på taket och han önskade innerligt att han slapp känna den hårda marken mot ryggen, om så bara för en stund.

Han kunde föreställa sig själv där uppe, hur han ledigt lyfte över taket. Gav sig ut på luftiga vingar. Cirklade omkring ett slag för att hitta en gren att sjunga på. Se allting ovanifrån. Vilket liv!

TJUGOTRE

Det var härligt att vistas på landet! Ängsgräset blommade i den fjärilsvackra gryningen. Ljuset blinkande, skimrade och gnagde sig in så det värmde.

Det hade regnat under natten och den gamle insöp de våta tunga dofterna som steg ur grönskan.

Luktsinnet hade det annars varit klent med. Utspätt. Bara ibland hade han kunnat vädra en svag lukt av brandrök. Hur den bolmade upp likt luften från en gammal bok som slår igen. En lukt som han tyckte kom från honom själv. Bestående, inpyrd i det egna köttet.

Nu när luktsinnet äntligen var tillbaka avlöste doftsensationerna varandra. Han drog långa andetag genom näsan och kände hur han fylldes ända ut i tårna av de stärkande, ljumma och mättade dofterna som vindarna förde med sig. Han ville stiga som en ballong och sväva omkring på ett doftmoln så länge han fick leva.

Dofter var som minnen. Det ena bistod det andra. Gamla bevarade minnesbilder – helt plötsligt fick de liv! Hans huvud var som en gammal projektor som börjat snurra igen. Till en början var det hackigt och slött, minnena hoppade hit och dit, var skeva och luddiga. Så småningom började de klarna och allt gick i sin rätta hastighet. Tills de så småningom brann upp och dog bort. Sjönk in i glömskans vithet. Men kanske var hans minnen bara utsirningar och påbyggnader av verkligheten. Hans liv var kanske bara en fantasi som aldrig hade hänt. Låg han trots allt kvar i soffan eller sängen och stirrade upp i taket på fuktfläckarna? Var han fortfarande klädd i Helmis röda täckjacka, hade den virkade mössan på huvudet och låg och torkade snor från överläppen? Kanske låg han där, under filten, täcket och fårskinnet och tänkte att han aldrig mer skulle kliva upp, inte en vår till.

Kanske...

Eller kanske...

Låg han någon annanstans.

Molnen såg ut att vara söndertuggade och utspottade över den grälla himlen. Trädgården badade i ljus. Solen hittade en öppning mellan äppelträdets grenar. Den blinkade mot den gamle och den gamle blinkade tillbaka. Det var fint, allt det livfulla och praktfulla, det ståtliga som dagen gav. Så generöst mot en gammal människa som det inte längre var någonting med.

Solen gick i moln.

En helt vanlig dag...

För ett ögonblick hade han Helmis ansikte framför sig. Minnets filmremsa var inte längre sönderskrubbad och uppspelad genom ett oskarpt okular. Han kom ihåg hennes *mun*, han kom ihåg hennes *ögon*, han kom ihåg hennes *händer*. Han kom ihåg hennes *doft*.

Det brusade i hjärtat och han blåste bort lite spindelväv så den delades och smältes sönder av andedräkten. Filmremsan spolades bakåt och stannade...

Det var någonting med hennes ansikte som gjorde honom ledsen.

I ögonen lyste någonting, kanske av tacksamhet till livet som varit. På samma gång fanns där en rädsla över att släppa livet ur synhåll, liksom mycket fanns

kvar att uträtta. Och med denna blick dog hon. Hennes hand föll ner över
sängkanten. En liten förändring märktes i hennes ansikte, en osynlig våg.
Sekunderna efteråt slocknade något, inte bara hon utan också allt annat.

Om han hade tagit tag i henne och skakat tills hon börjat leva igen
skulle allt ha varit bra. Han stirrade upp i den tomma himlen.

Han skulle inte ha låtit henne dö, inte så lätt.

TJUGOFYRA

Den gamle vaknade upp i en häftig andhämtning och kastades genast in i morgonens verklighet. Drömmarna låg kvar som efterklangen från en stämgaffel. Han konstaterade att han låg kvar under äppelträdet. Att han var fast under ett lager av grönska och mossa, och rötter som slingrade sig runt kroppen. Att begravningskostymen var full av hål. Att det pressade på från alla håll.

Han såg in i den djupa skogen, de vilda formerna bland stenar och snår. I ljuset som bröt in blänkte spindeltrådarna över blåbärsriset och flimrande flygfän doppade upp och ner i solpelarna. Han kände hur det svirrade kring ögonen och gnällde i öronen. Ett moln av blodtörstiga myggor hängde ovanför huvudet. De hade redan stuckit honom i hårfästet och på läppen så det blödde. Naturen tog aldrig rast. Det myllrade av småkryp i den soltorra jorden. Myrorna hade klättrat in i klädöppningarna. De kittlade och nöp honom i skinnet. Grävde in sig i ljumskarna och ryggslutet och var överallt där det gick att vara. Halkade omkring i sitt eget blodbad. Det gick inte att undkomma deras stickiga gaddar, kittlande känselspröt, snaggade kroppar och sprattlande ben. Han vred sig och försökte frigöra sig men växterna höll honom kvar.

Dagen var varm. Han grinade mot solen. Det blev flåsigt och tungt med andningen. Hjärtat var ett flipperspel.

Metallglänsande flugor jagade sicksack genom spretgräset och landade hastigt i stjälkskuggan som solvarma karameller.

Det kliade från alla bett han fått under morgonen. Han lyckades slita loss en arm så han kunde riva med naglarna runt öronen.

Några timmar senare var det tyst; inget tassande, inget surrande, inget prasslande. Insekterna hade jagats bort av vinden. Grästopparna rörde sig på ett sövande, nästan hypnotisk sätt. De gröna vågorna kom i jämna mellanrum med vinden och kittlade honom i ansiktet. Spottstritorna hängde på grässtråna i sitt skyddande skum.

I början hade det gröna förefallit främmande och farligt. I efter hand verkade det som det var själva gräset som gav honom livskrafterna tillbaka.

Han tittade in i gräset och tyckte att det var som att stirra in i en främmande, lockande tavla. Solen som glittrade mellan stråna.

När han slöt ögonen höll han på att somna. I samma stund kände han någonting hoppa upp på bröstet. Han kände med handen. Fingrarna letade sig in i en tjock päls.

Katten hade varit där och den gamle hade strukit den över ryggen.
Hade blundat och hört hur han spunnit. Hade känt att han suttit på
hans bröst och luktat jord.

Vad duktig du är. Stark, som lyckas gräva dig fram ur din egen grav.

*Det hade varit Helmis katt. Hon hade kallat han för Kissan. Han tydde sig till
henne, gick vid hennes sida och sov på hennes bröst. Han kunde sitta på
fönsterbrädan och piska med svansen och pipa mot flugorna och fåglarna som
retades i träden. Han kunde slå med tassarna mot glaset och ibland fånga en
fluga mellan sina små läppar så flugan kunde morra ilsket för att den var så
liten och katten var så stor, och om det varit tvärtom skulle katten minsann ha
fått sett på fan. Efter flugor blev det näbbmöss och efter näbbmöss blev det
fåglar som han stolt lade framför fötterna på matte och husse. Bakom det söta
fluffiga kattansiktet, i blicken som den bar, fanns ett rovdjur. Den gamle
brukade jaga ut katten och gräva ner de små ihjälbitna djuren vid
skogsbrynet.*

*Bortskämd hade katten varit också. Rätt som det var, kunde han hoppa
upp på matbordet och svänga med svansen över glas och tallrikar. Ville
komma åt så han kunde stryka sig mot Helmis kinder som på den tiden, innan
hon blev sjuk, var ljusrosa som mjölk och smultron. Men hon skrattade bara,
så hjärtligt och blåste på Kissans nos. Och Katten blundade och spann ännu
mer och trampade med tassarna mot Helmis tröja. Den gamle kallade Katten
för "Lusen". Han tyckte om den han med.*

*När Helmi var borta gick katten varv efter varv och letade efter henne. Han
gav ifrån sig ett annat ljud än det vanliga varma jamandet. Det var ett nytt*

och oroligt jamande som kom från magen via hjärtat. Han tvättade sig ilsket och spanade intensivt vid minsta ljud. Väntade på att Helmi skulle komma tillbaka. När det gått en tid började han ty sig till den gamle på samma sätt som den gjort till Helmi. Katten blev hans bästa vän. Den gamle lät den vara kvar på bordet fast han egentligen avskydde det. Men hoppade han upp i knäet knuffade den gamle ner den. Ut och spring, brukade han säga. Ut och spring din lus…

Och sedan en kväll hade han ropat efter katten och han hade inte kommit. Det hade varit mörkt och ruggigt. Det hade regnat och det droppade från träden. Den gamle var arg. Om den inte kommer tillbaka får den smisk, sade han fast han visste att han aldrig skulle kunna göra den illa. Han gick ut en runda och lockade på katten. Han kunde ju sitta i ett träd. Det var Helmis katt. Katten var en del av henne. Han får inte försvinna, inte nu inte någonsin…

När tre dagar hade gått tänkte han att: Om du inte kommer tillbaka nu, släpper jag aldrig in dig igen.

Lusen kom tillbaka.

Den gamle kände med händerna utmed bröstkorgen. Han hade nästan kunnat svära på att Lusen hade suttit där. Han spanade in mellan grässtråna, kanske skulle han få syn på en svans, ett par ögon, eller ett par tassar som hoppade iväg där inne.

Lusen, kom hit så får jag höra.

När han lade örat mot jorden hördes ett slumrande ljud, ett långsamt trummande från djupet, ett spinnande.

En gul postbil kom körande längst en slingrig och hoppig grusväg.
Den stannade vid en brevlåda. Brevbäraren, en yngling, tjugo år
någonting, sneglade mot torpet som låg i skugga på andra sidan
vägen. Det verkade som det var helt utan liv därinne; obebott som i en
grotta. Han skruvade ner musiken på radion och lyssnade. Vinden
visslade och pep som tusentals upprörda insekter, det knackade och
klirrade i tegeltaket. Ynglingen bakade en snus som han lade upp
under läppen. Torkade av sig under sätet och plockade bland
posthögen. Han tog fram ett vykort. Såg på brevlådan med en suck.
Tvekade innan han pressade ner vykortet i den överfyllda lådan.

En vindby drog fram och dammet yrde kring postbilens däck.
Posthögen i brevlådan bläddrade och föll ur. Posten virvlade bort i
blåsten.

Inte en stund var naturen sig lik när det blåste. Den kraftiga vinden
skar på sitt sätt, trädgrenarna på sitt. Papperspost kom flygande
genom luften, tumlade runt i gräset, tog ny fart och blåste vidare.
Några reklamblad fastnade i äppelträdet och prasslade som tusen
fjärilar i en håv. Den gamle fick fatt i ett pappersblad. Han läste vad
som stod.

```
Köttfärs 49 kr/kg.

Ostkaka 19,90
```

Han stoppade pappersbiten i munnen och tänkte på ostkaka med
saftsås. Mellan de vilda trädgrenarna såg han ett flygplan passera. Den
for söderut. Han fattade tag i ett nytt blad. Började plocka med
händerna i luften, grep tag i osynliga ting. Lyfte en osynlig flaska och

hällde upp i ett osynligt glas som han förde till munnen och svepte. Läpparna krusade sig och sprack upp i ett leende som blottade de stora, mandelfärgade tänderna. Så fick han syn på ett vykort mellan grässtråna. Det hade kilats fast i en rot. Leendet fastnade så vinden susade i kinderna. Han skyndade att få tag på kortet. Höll det hårt, hårt mellan fingrarna.

Det var tidig morgon och redan varmt. Spindelnäten var fyllda med dagg. Vajade mellan trädgrenarna likt pärlhalsband i solen. Den gamle visste att han skulle bli tvungen att få i sig några droppar innan det torkade bort. Han svettades ymnigt under den skrynkliga begravningskostymen. Tyget skavde mot huden. Han andades snabbare och himlen tryckte mot bröstet.

Mitt på dagen blev värmen kvävande. Det gnistrade och blänkte i fönstren på torpet. Återspeglingarna var starkare än själva solen. Han låg utslagen, okammad som ett ökendjur. Det trummade i marken! Små vibrationer som inför ett jordskred. Han ville flytta på sig men markens jordiga armar envisades med att hålla honom kvar. När han kisade på det torra gräset tyckte han att det såg vitt ut. Likt aska som skulle pulveriseras om det började blåsa. Han försökte tänka bort huvudvärken som kom med jämna mellanrum som hammarslag. Såg framför sig fiskar som torkat i solen, med stela kroppar som fastnat i böjar, koagulerat blod och hoptorkat fiskrens.

Det kramade i vaderna. Han var uppmärksam nu. Allting blev tydligare, sinnena stärktes. Han kände djurets instinkt och spratt till vid varje ljud. En fågel som lyfte. Insekternas knaster i den torra jorden. Varje grässtrå, varje löv...

Solvärmen blev allt tyngre.

Nu skulle han väl ändå dö?

Hjärnan kändes som stampad potatis. Han öppnade ögonen en aning och försökte se genom det starka ljuset. Solen närmade sig sakta. Marken lutade och naturen syntes som genom ett kalejdoskop. Bröstkorgen for upp och ner, och hjärtat dunkade runt som stövlar i en torktumlare.

Alla sorters fåglar hade samlats. De satt i klungor i träden och spred sig över himlen medan solen fortsatte att sjunka mot jorden. Den gamle drog med fingrarna över kinderna och hörde varje skäggstrå under naglarna. Solen var inte bara en sol, utan en livsfara. Fågelkvittret var inte bara fågelkvitter, utan öronbedövande tordönsstämmor. De skulle kunna vara flera hundra, flera tusen. Vingar som flaxade, näbbar som pickade. Ljudet som steg och fyllde hans huvud. Det var vackert och fruktansvärt på samma sätt som de sista sekunderna i ett fall, innan man slår i marken. Han blundade och pressade händerna över öronen medan marken gungade och solen rasade och kolliderade.

Så plötsligt tystnade det väldiga larmet. Istället hördes enstaka kvirr från något träd och något enstaka svar tillbaka. Luften var vit och sval. Det stack inte längre i ögonen. Huden svalnade och han kunde andas lugnare igen.

Nu är jag död som en prins i en saga. Han log. Inne i huvudet log han ett brett solskensleende som man bara ser på film men aldrig i verkligheten.

John Wayne… Gregory Peck… Henry Fonda… Yul Brynner... Steve mcQueen...

Genom det vita klev någon fram, en diffus gestalt i det starka motljuset. Den hade vingar.

Helmi...

Han grät som han inte hade gjort sedan han var ett barn.

Helmi, snart kommer jag.

Det led mot natt men riktigt mörkt blev det inte. Den gamle låg vaken. Lyssnade. Tänkte.

Han tilläts inte dö.

Han tittade åt torpet, åt kammarfönstret som såg ogenomtränglig ut. Igentuschat. Värmen från dagen var fortfarande kvar i marken. Det hettade och sved i huden. Öronsnibbarna var blossande röda. Näsryggen hade svullnat liksom hans tunga ben. Han svettades inte längre, det var kyligt, han frossade.

Svarta åskmoln fyllde horisonten. Han kunde se blixtarna som förenade himmel och jord. Ovädret skulle inte nå honom utan dra vidare.

Äppelträdet frasade i den torra ödsliga vinden.

Om jag tände en eld.

En tanke blev hängande i luften.

Om jag tände en eld skulle man hitta mig då?

Trettiosju år tidigare – Skogsbranden

De flyr hals över huvud och lämnar kvar brandbilar och slangar då de överrumplats av ytterligare en brandfront. Stora delar av skogen är gammal och eldfängd. Den är svåråtkomlig med omkullfallna träd och stora stenblock. Det går fort.

Det gör fruktansvärt ont i tummen. I kaoset som råder hugger han sig själv med yxan. Han förstår inte själv hur det har kunnat gå till. Plötsligt så är den borta. Under några ögonblick får han för sig att sätta sig ner på knä och börja leta efter den. Han skulle kunna stoppa den i munnen så att den inte torkar ihop och sedan låtas sys tillbaka. Men det är för hett. Det är för bråttom. Elden slickade redan träden intill. Han måste fortsätta att hugga brandgator. Så får han syn på den. Den smakar sot och blod. Han stoppar den i fickan istället.

Det finns många orsaker till skogsbrand. Det skrämmer honom när han tänker efter hur lätt det kan vara. Det räcker med att ett tåg skjuter iväg en gnista mot den torra banvallen. Eller att en blixt slår ner i ett träd när åskan drar förbi. Och sen är det förstås många skogsbränder som startar av rent oförstånd. Någon slänger en fimp, någon slarvar med lägerelden, någon bränner ris eller skjuter med sitt gevär.

Samtidigt vet han också att förutsättningarna för att elden ska spridas i hans skogar är liten. Elden brukar slockna innan den fått fäste. Skogen är inte alltid tillräckligt torr. Snön brukar ligga kvar länge i de skuggiga delarna och luften brukar vara fuktig.

Men är det tillräckligt torrt och blåsigt, om den får tillräckligt med näring, då kan helvetet slippa löst.

Han jobbar sig inåt skogen. Röken ligger tät. Han är ensam nu. Lungorna värker. Tummstumpen ilar. Blodet rinner. Han stannar och sliter av sig den svarta masken. Ansiktet har ett plågat spökuttryck. Han drar efter andan. Det sticker i näsan och ögonen tåras. Halsen är en skorsten.

En ljummen vindil drar genom den uppbrända, döda skogen. Inga fåglar kvittrar längre bland de sotiga stammarna. Han går framåt med bestämda steg. Stumma ben. Det är gott och väl en decimeter aska efter marken. Han stannar plötsligt fast han förstår att han borde fortsätta framåt.

Var det visselpipor han hörde? Ögonen irrar från det ena uppbrända skogspartiet till det andra. Ett månlandskap.

Jodå, det var som han trodde. Det hörs ett rullande, klagande tjut – något ljusare, knappt högre än den spelande vinden. Den lockar på honom. Han har ingen aning om vad som väntar bakom kullarna. Kanske är det döden.

Han tågar förbi en kaja som sitter på spetsen av utbränd tall, svart, trött och sjuk men den lever. Den vänder ögonen mot honom när han kliver över krönet och nerför en rykande brant. En kolad trädstam med avbrända rötter blåser omkull i ett moln av vitgråa flagor.

Så får han syn på honom. Ett par blodröda ringar till ögon stirrar in i hans. Ett par fingerstumpar sträcker sig mot honom. I mungipan hänger visselpipan, gömd i en sträng av spott och blod. Människan som ligger under askan är en brandman, det går att se på kläderna som smält in i hans kött. Kanske har han pratat med honom – kanske vet han vem det är. Men nu skulle han aldrig gå att känna igen. Det är en människa som är på väg att dö – som vill dö, för att slippa plågas.

Han står kvar.

Det är så här helvetet ser ut.

Han känner tyngden från yxan i handen. Hur långt är det till räddning? Hur ska han kunna veta, han vet inte ens vart han befinner sig. Allt ser så annorlunda ut. Himlen är täckt av en rökridå. Det är bara han som kan och måste besluta. Bara han som kan agera och ta konsekvenserna. Och det ska han göra.

Askan rör sig i vinden. Rök snor sig ur marken. De brända stammarna pekar mot den svarta skyn. Han kliver fram till mannen och höjer yxan.

Han jobbade som beredskapsman åt skogsbrandförsvaret. Största delen av jobbet gick ut på att avverka skog invid järnvägen. Mycket av den övriga tiden satt han i brandtornet, med kikare, telefon och syftningsinstrument. Tornet hade på senare tid byggts om och blivit inglasat. Runt om på väggarna hängde flygfotobilder över området. Det kunde ibland vara ensamt i skogen på dagarna. Han saknade Helmi. När hon först lades in på Sidsjöns mentalsjukhus hade han inte fått hälsa på henne. Sedan efter en tid försökte han glömma henne. Ibland fanns hon fortfarande med i hans planer. *Vi* tänkte han. Men han tvivlade på att det var möjligt. Hon skulle aldrig komma tillbaka, det var han säker på.

Han anmälde aldrig till brandförmannen, inte till någon annan heller för den delen, om vad han hade gjort i askan den där dagen. Han tänkte att han hade gjort en medmänniska en tjänst. Kunde inte tänka att han hade kunnat agera på något annat vis. Mannen plågades, han bad om att få dö. Skulle ha dött en plågsam död.

Något senare fick han reda vad mannen hade hetat och var han hade bott. Det var ingen han hade känt. Mannen hade jobbat som frivillig åt bygdebrandförsvaret och det hade varit hans första och enda skogsbrand. Det var en slump att de skulle mötas.

Elden hade startat med en liten gnista i en grässlänt och växt till ett monster.

Han glömde snart bort mannens namn. Men han skulle länge förknippa den mannen, hans ansikte och hans ögon, med själva döden.

TJUGOÅTTA

Det solsvedda gräset vispade raspigt i vinden. Den gamle tog korta snörpta andetag och kände jorddammet kittla i näsan. Han låg med kinden på en torkad rot och kunde se den darrande jordytan. Rödklövern var brun och skrumpen. Bladen hade snott ihop sig. Han kunde konstatera att det inte var samma hålligång som det brukade. De få insekter som var kvar på marken rände snabbt och ursinnigt. Ville bort. Fly. Borra ner sig för att få svalka. De mest ömtåliga låg stilla som förlamade med vingar som torkade ihop. Skalbaggarna verkade vara de insekter som klarade sig bäst. De gick omkring som vanligt, nästan lite överlägset som pansarvagnar i en öken.

Det hade åskat på morgonen men bara på avstånd inåt landet. Nya åskväder var att vänta. De första regndropparna skulle troligen bara absorberas. Den gamles rynkor hade spruckit upp som jorden och djupnat. Med tillräckliga mängder regn skulle han kanske mjukas upp. Vätan skulle tränga ner i jorden och gegga till sig, kanske kunde han få flytta iväg en bit i leran så han fick se något annat.

Det var tyst inåt skogen. Bäckarna hade slutat porla.

När han kisade genom ett virrvarr av solkvastar kunde han skymta bergskammen där allt var ännu varmare, ännu torrare. Där växterna klättrade på branterna, vingliga på sina svedda rötter. De var brunbrända och hopskrynklade som papper i en brasa. Om inte regnet kom snart skulle allt torka sönder, han själv liksom allt omkring honom. Måtte det komma regn.

Det frasade under den håliga kostymen. Han hade knäppt upp och fått av sig skjortbröstet. Huden hade fått gula fläckar som björken.

Han tänkte på floder av regn. På vattenfall som dånade i källsprång. På djupa dropp under brunnslock. Framför sig, bortom vattenringar som växte och försvann och växte på nytt såg han den gamla vattenskadan i taket. En ljus och klar droppe växte fram i det mörkbubbliga, den hängde kvar en stund och lossnade. En ny droppe tog form och föll mot pannan. Så sakta började det regna.

Fyrtiofyra år tidigare – Blod och hö

Helmi ser ner i tvättbaljan. I regnvattnet ligger döda flugor.

Hon tänker inte död.

Genomdränkta kläder hänger på en tvättlina mellan björkarna och vajar, kupar sig och slänger sig som ilskna barn. Regnet syns i vinden.

Helmi går omkring i regnet och håller om sin mage. Hon skyndar fram längst ett åkerdike med ansiktet neråt och håret som tvätten på tvättlinan. Hällregnet är grått. Ändå är det för ljust för ögonen.

Fötterna sjunker och spåren stannar kvar i leran.

Så faller hon omkull och blir sittande på knä med händerna djupt begravna i geggan.

Hon känner tvång.

Hon känner hur hon blöder inuti.

Hon känner hur livet susar förbi henne som ett kallt drag av smuts och blod och jord.

I fjärran syns en vägg av dis. Ändå skymtas mellan håret och regnet en lada. Hon reser sig upp och tar sig dit. Framåtböjd som om hon sköt en sten framför sig.

I ladan luktar det unket. Hon hittar en gammal soffa som hon lägger sig på. Kniper ihop ögonen och skriker så saliven yr.

Hon känner värme mellan benen.

Hon känner befrielse.

Hon känner en oerhörd sorg.

Hö, regn och blod flyter omkring. Soffan blodas ner och ur henne kommer barnet.

När hon kommer ut ur ladan har regnet tilltagit. Det vräker ner och vägen hem lutar uppåt. När hon öppnar dörren till torpet är han fortfarande inte hemma. Hon går sakta fram till fönstret och väntar. Det kalla, det grå, det ruggiga finns också inne i torpet. Det har följt med in.

"NEEJ!!" Helmi håller för sina öron och stampar med skorna i golvet. "Nej, nej, nej..."

"Lägg dig ner åtminstone." Det är Ullas röst.

Helmi ser upp som genom en dimma. Hon sträcker fram handen och känner på Ullas kind. Det är verkligen hon.

Han har knappt rört sig utan står kvar i farstun som en sömngångare. Ljus tränger fram till honom i strimmor på golvet. Han har letat överallt efter barnet.

Helmi har vaknat med hög feber. Hon yrar. Pannan glöder och ansiktet är blekt. Hon ligger till sängs. Ulla är där och talar till Helmi med mjukt låg röst.

Han lyssnar och rör sig sorgset medan han ordnar med elden.

Han känner oro.

Han känner regn i kläderna.

Han känner hur elden tränger in till hans hjärta genom munnen.

"Hon har grävt ner henne", säger Ulla.

Han nickar långsamt. Han är tom i huvudet, tom på ord.

"Vart då?" säger han.

Ulla ser på honom med trötta ögon.

"På åkern."

"Har hon frågat efter mig?", frågar han.

En kvinna som han inte känner med ett grovt ansikte drar med sina fnasiga fingrar genom sitt hår. Fumlar med en knut. Hennes ansikte ser mindre grovt ut i eldskenet. Hon suger in kinderna och håller fast en hårnål med läpparna. Hon stannar till i en rörelse och ser honom i ögonen. Han vänder bort blicken som ett barn.

"Ha tålamod", säger hon.

Hon lägger sina sträva fingrar på hans axel.

Glöden låter som glas i spisen. Och svagt, som korta och långa andetag hörs Helmi viska från rummet intill. Både han och kvinnan reser sig upp och kliver ljudlöst fram till dörren till kammaren och lyssnar.

"Jag vill inte ha henne… jag vill inte det… din jävel… din jävla horlus."

Han ser på Helmi när hon sover. Han ser på henne som om han kunde läsa en text på hennes panna. Hon ser så fridfull ut. Han måste vara försiktig. Om han råkar väcka henne gör han repor i hennes drömmar.

Tiden har gått. Utanför har regnet övergått i snöfall som har övergått i solsken som har smittat av sig med sitt ljus. Fnittrat bakom gardinen.

Tapeten, sängen, värken, hettan, sorgen, hatet... Alla känslor som har spruckit fram.

Ett helt år har gått.

Långsamt som om hon glider fram längst en sjöbotten, slinker hon ut genom ytterdörren. Helmi är äntligen uppe på fötter igen. Och åskan är på väg.

Det gick som ett sista andetag genom naturen. Sedan var allt stilla med löv som stirrade. Den gamle tänkte på Helmi. Han skulle aldrig riktigt förstå henne eller den där känslan han fick när han var hos henne.

Han ser på henne. Hon ligger på sängen med ansiktet in mot väggen och händerna hårt pressade mellan benen. Hon har olika ansikten. Den här gången har hon satt på sig en mask som hon inte vill att han ska se. Masken är gjord av plåga och hat. Hon hatar, hatar, hatar – hela världen. Hon är rädd att om han ser henne kommer hon att börja hata honom också. Det har hon sagt, inte med de orden, men han har förstått att det ligger till på det viset.

Han vill gå fram och lägga handen på henne, lägga sig bredvid så han kommer nära henne.

Han kliver fram och sätter sig på sängen intill. Han ser hur hon stelnar till. Att varje muskel drar ihop sig och ryggen spänns. Han rör henne inte ens. Hon drar sig undan så fort han kommer i närheten. Om han nuddar henne sprätter hon till. På mornarna ligger hon kvar. Han vet att hon är vaken. Ändå ligger hon och stirrar in i väggen och struntar ifall han ställer fram frukost åt henne.

"Du måste äta", säger han åt henne. Blodet har runnit ur henne, hon behöver äta. Han försökte tvinga i henne men då rusar hon iväg, ut. Han kan se att hon skriker medan hon springer på ängen. Kämpar, ramlar ihop. Reser sig igen.

Ibland får han syn på henne då hon sitter på huk vid bärbuskarna och stoppar de syrliga bären i munnen. Det är bra, tänker han då. Fortsätt så. Ät. Bli glad och levande igen.

Skuggor växte fram, dag blev som natt. Åskvädret styrde rakt över. Blossade upp och försvann medan nya fronter var på väg.

En stor vit fjäder singlade ner genom luften i långsamma vaggningar. Landade tyst i gräset. Den gamle tog den i sin hand. Han höll upp den och snurrade den mellan sina fingrar. Tittade upp mot den mörka himlen medan regndropparna föll mot ansiktet.

Ät! skriker han till henne. Blir mer och mer otålig. Ät... Hon ser gul ut. Ansiktet har sjunkit ihop. Bara läpparna rör sig.

Han har själv börjat slarva med maten och hygienen. Han dukar alltid fram för två på bordet. Sedan sitter han ensam medan oron och ilskan växer.

Fåglarna flög orolig fram och tillbaka över den blåsvarta himlen. Varslande. Skränande. Skockades vid torpet. Träden stod stilla som på ett fotografi. Orosmolnens skuggor spred ut sig över marken. Blixtarna skar genom den sena kvällshimlen. Åskmullret rullade fram ur tystnaden.

Han rusar in till henne och tar tag i henne och skakar hennes späda kropp. Han skriker så det skallrar i honom.

"Du måste leva!!", skriker han. "Lev." Han får upp henne på fötter. Darrar och möter hennes ögon som tyckts vakna till.

"Fortsätt att leva, lev", säger han.

Hon stirrar rakt igenom honom igen.

En störtskur drog fram som arga bålgetingar. Trädens enorma skuggor dansade omkring i det ögonblickliga, inverterade landskapet. Blixt och knall kom samtidigt.

Han blundar och slår henne i ansiktet.

Vassa eldvingar for över himlen. Korta minnen kom vid varje åskslag.

Blixtbelysta ögonblick då tiden stod stilla.

Allt kan rasa. Träden kan rasa i en storm. Ett torp kan fatta eld och taket kan rasa in i ett moln av rök. En människa kan rasa från en stege och aldrig mer ta sig upp.

Så kom chocken. Han vågade först inte kliva fram. Han såg på hennes ansikte. I varje centimeter satt en synål. Hon sade ingenting när han plockade bort dem.

Han visste att hon behövde få hjälp. Han klarade inte längre av det här.

Dagen efter kom de och hämtade henne.

Åskan dundrade vidare. Det droppade ännu från träden.

Vem skulle komma och hämta honom?

Han drog ett långt andetag i den doftmättade luften. Hörde någon kliva omkring i gräset. Han lyssnade. Vinden slätade över. Döden var aldrig långt borta. Den fanns där, väntade på att hämta honom.

En uggla lyfte från en gren och flög ljudlöst genom mörkret. Den gamle flög med i sina drömmar, följde med i ugglans färd. Han såg skogen från ovan.

Skogen, åsarna, sjöarna, ängarna...

Flög över torpet och såg sig själv ligga vit i nattgräset

Inne i torpet gick några signaler från den röda telefonen.

Fyrtiofem år tidigare – Dikten

Helmis mage är stor. Den syns under tröjan. Om en månad ska hon föda ett barn.

Hon ställer sig vid spegeln. Helt plötsligt har hon en visa från barndomen i huvudet. Hon nynnar den. *Hade hennes mamma nynnat den för henne när hon var barn?* Det vet hon inte. Hon blir tvungen att sätta sig på en stol. Yrseln, den kommer och går. Hennes händer är kalla och blodlösa. Hon lägger en hand på magen. Det rör sig där inne. *Som en fågel. En liten fågel…*

Hon har känslan av att något är fel. Att det är en stor klump som växer och hårdnar. Hon är i ena stunden så lycklig, i nästa så förtvivlad. Hon vill det här. Hon vill inte det här. Spegeln säger en sak, hjärnan säger någonting annat. Hon ser sig själv men det är inte hon, inte med den magen, inte med det ansiktet. Den blicken…

Hon drömmer allt oftare om det där hemska som hände i Finland. Mannen som steg in i köket och skar halsen av sig. På blodet som stänkte på henne.

Hon kom ihåg allt, pappa Erkki och mamma Tuula, stora syster Saara, lillebror Jani och mormor Tiia.

Huset och hästarna.

Ransoneringen… hungern… mörkläggningen… och skyddsrummet som var en dörr in i berget…

Hon kom ihåg.

Någon plockar glassplitter ur någons ansikte.

Hon kom ihåg.

De trasiga… de smutsiga… de sjuka…

De tigande… de svältande… de döende…

Hon kom ihåg.

De sotiga brända kläderna…

Orosfärden…

Skogen och kärren och granarna…

Nätterna och mörkret och mullret i öronen…

Hon kom ihåg modet som föll som en stjärna i natten; ensamheten bredvid hundratals främmande barn.

Hon kom ihåg golvet på tåget…

Desinficeringen… skrubbningen och avlusningen…

Sverige…

Hon lägger en litet lapp på nattduksbordet. Det är en dikt hon har skrivit av. Hon lämnar lappen och går iväg. *Kanske kommer han att läsa den.* Är den kvar när hon kommer tillbaka ska hon slänga den.

På lappen står det:

"Vi dölja våra tankar

Vi dölja våra sår

och vårt hjärta som bankar

och slår."

(Ur dikten "I livets villervalla" av Nils Ferlin)

Höst

"Fyll dina ögon med under"

Ray Bradbury

"Livsviljan är en hejdlös flod"

Slagruta – Peter Lucas Erixon.

En ängel gick förbi och släpade vingarna i marken. Lämnade fjädrar efter sig och försvann.

Trädgården hade förändrats. Den hade blivit mörk och snårig, tjock av buskar och sly. Överallt låg papperspost och skräpade, hopblåst eller utspridd, tillskrynklad eller slät. Och tillsammans med detta låg fjädrarna och rörde sig i vinden.

En röst hade väckt den gamle ur hans sömn. Han slog upp ögonen. Det var lika häpnadsväckande varje gång. Att kunna se, att kunna leva och känna hur hjärtat slår och hur fukten dryper innanför kläderna. Han kände och klämde på sitt ansikte. Huden hade härdats och blivit som bark. Bakom allt skägg var kinderna ihåliga; hakan benig och halsen tunn och stram. Köttet hade förtvinat liksom musklerna. Men styrkan och beslutsamheten, den inre styrkan, var på väg tillbaka.

Han låg i ett kvistbo. De små, taniga rötter som under sommaren växt upp under hans rygg var nu som stora knotiga armar över hans kropp. De första nedfallna löven hade tillsammans med kvistar blåst samman och bildat väggar och tak.

Snyftande vindstråkar drog över gräset, sakta och smeksamt som en moders fingertoppar över sitt barn. Han huttrade till så tusen små regndroppar duschade ner över ansiktet. Stack ut näsan och vädrade likt en räv ur sitt gryt. Kände dofterna av multnande löv och kall våt jord.

Han skruvade upp pillerburken. Hällde ut ett låtsaspiller i handflatan och tog sin låtsasmedicin.

Fortsatte dagen med att leta efter tusenfotingar och sniglar bland kvistarna. Hörde en groda som han ville äta.

Dag för dag blev han ett med naturen. Den gamle var på väg att försvinna. Något annat var på väg att ta vid.

Det var kallt och ruggigt i luften. Dimman hade klätt träd och buskar med sin vithet, sitt krås och sina spetsar.

Som ung hade den gamle tyckt om att vara i naturen. Han hade känt sig trygg. De få gånger han känt sig orolig var i dimman. Dimman var lömsk. Den kom alltid slingrande som en kall hand ur ett vattendrag.

Det var annorlunda nu. I trädgården i dalen, nedanför stegen, under äppelträdet, innanför rothärvan i gräsgropen kändes dimman trygg för den gamle. Nästan vacker.

Han hörde ett brak i skogen. *Skogsfåglar*, tänkte han rent instinktivt. Registrerade det och glömde sedan bort det. Han plockade upp och vred och vände på ett vykort med Vulkanen Etna på. *We are having a blast!!* Gick det att läsa. Vem var det som skickade dessa kort? Han visste inte. Hade han några bekanta kvar i livet. Några barn? Barnbarn?

Torpet stod stilla som ett förlist skepp i dimvågorna. Var nästan bortglömt nu. Han kunde se hur det lyste inifrån köket.

Fanns det något ogjort, något som han borde ha hunnit med?

Det var fortfarande ovant att se det upplysta torpet om natten och samtidigt veta att han inte kunde gå dit in. Han kunde känna sig som en främling, att det var någon annan gammal gubbe som bodde därinne med vitt spretigt hår och ena axeln något framåt, och pannan rynkad bakom de slitna spetsgardinerna i kammarfönstret. Som snart skulle få en hand på axeln och ett till ansikte, en gummas ansikte,

117

skulle dyka upp i fönstret bredvid honom. Och där skulle de stå tillsammans och titta ut på honom som om han var en del av hösten.

Men han var tillfreds över att inte ligga där inne. Bakom döda väggar blev man bara en skugga som bleknade bort mot tapeten. Uti gräset var det annorlunda. Han drog handen genom det stora skägget. Lyssnade på lövens oändliga sus. Det skulle finnas kvar. Allt skulle finnas kvar.

Höstdygnen gick fort. Den gamle hade försonats med tanken om döden. Någonstans visste han, hade fått höra eller kommit underfund med själv att: *Människan kan utstå mycket så länge hon vet att det är någon mening med det.* Men vad själva meningen gick ut på, det var han inte på det klara med.

I slutet av september slocknade kökslampan. Fönstergluggen blev tom och svart som en tandlös käft. Han var inte rädd längre. Det fanns helt enkelt ingenting att vara rädd för. Om han kunde kliva upp igen skulle han låta bli att göra det. Han låg gärna kvar ett tag till och lät det växa inom honom.

Att blunda var att försätta sig till en annan värld.

Fyrtiosex år tidigare - Helmi är Gravid

Helmi går genom gräset. När han ser henne vet han, den känslan ljuger inte: *Hon har glada nyheter.* Hon tar raska steg och han går henne tillmötes. Tar hennes händer och ser in i hennes ögon. Hur kan man ha så kalla ögon i ett sådant varmt ansikte, brukar han tänka. Nu gnistrar de som skare i solen. De säger ingenting till varandra. Det behövs inte. Hon nickar och han kysser henne.

De ska få ett barn, det är otroligt. *Vad ska barnet heta?* Det vet hon inte, inte han heller. Han är dålig på namn, tycker han själv.

"Vad ser du", frågar han.

Hon har klättrat upp i ett träd.

"Kom upp", säger hon. Hennes axlar är lätta och halsen är sträckt. Hon står på en trädgren med ryggen och armarna vilande mot stammen.

"Du får inte ramla nu. Tänk på att du har en passagerare", säger han.

"Äsch... har aldrig ramlat ner förut", säger hon och skrattar.

"Jag kommer upp", säger han och tar sats, och sträcker sig efter en gren.

"Ja, eller så kan du stå kvar", säger hon och himlar med ögonen.

Hon skrattar och petar på honom med stortån.

De ligger i gräset och berättar vad de ser för figurer i molnen. Det är mest Helmi som pratar.

"Åh… titta den där ser ut som en sån där sko som de har i tusen och en natt… och där… en sotare… där är skorstenen och där är sotaren… och titta… det där ser precis ut som en val, ser du det… en vacker val som glider över himlen, tycker du inte det?"

Han lyssnar. Somnar till. Vaknar och känner hur det kittlar. Har ett grässtrå i näsborren och ett under hakan. Hon gillar att reta honom.

"Hur känns det", frågar han.

"Bra", svarar hon.

De går genom ängsgräset och bort längst en solrandig stig mot torpet.

"Får jag känna?" Han sträcker fram handen mot hennes mage. Hon väjer undan.

"Men du har ju redan känt, dummer!"

Hon skyndar på stegen och kommer i försprång men stannar så att han kan komma ikapp. Han ställer sig nära henne och känner med båda händerna på hennes mage. Helmi tittar upp bland träden och stänger inne ett skratt. Hela ansiktet rodnar. Hon drar med fingertopparna under hakan. Fnittrar.

"Men vad skulle du säga om det inte kom något barn?" frågar hon plötsligt.

"Vad menar du?" Undrar han och skrattar.

De fortsätter att promenera.

"Ja om det kom en… get", säger hon helt allvarligt och sneglar på honom.

"Jag skulle tycka om den precis lika mycket", säger han.

"Skulle du?"

"Det är klart. Skulle inte du?"

Han ser på henne och sedan framför sig på stigen, på fötterna som kliver mellan ett par vattenpussar och tillbaks till henne. Hon går försiktigt för att inte blöta ner sina små vita skor.

"Näe… kanske…", säger hon.

"Den skulle fortfarande vara vårt barn", säger han och tar hennes hand.

"En get…", säger hon helt allvarligt.

"Ett getbarn…", påpekar han.

Han lägger en hand på hennes nacke. Masserar lite grann.

Senare på kvällen frågar han:

"Får jag känna om den stångas…"

"Vad tänker du på?", frågar han.

"Jag vet inte. Jag vet inte…", svarar hon.

"Varför gråter du?"

"Jag vet inte… det känns så hopplöst."

"Vad är det som känns hopplöst?", frågar han.

Ingen säger något på flera minuter. Sommarnatten är ljus. Fönstret i kammaren är öppet; luft drar in med jämna mellanrum. Sängkläderna är svala. Han kan inte förstå vad det är som är så hopplöst. Det är väl *ingenting* som är hopplöst!

"Jag vet vad barnet kan heta", säger han. Bryter tystnaden.

Han hör hur hon vänder sig i sängen.

"Vadå?", viskar hon.

"Jens... eller Daniel?", svarar han.

"Men det är ju en flicka."

"Hur kan du veta det?"

Helmi sitter på golvet och lutar kinden mot väggen. Hennes fingrar kryper förbi som en spindel i hennes blickfång. Fingertopparna trippar. Hon skulle kunna riva i tapeten. Riva och riva tills det gick hål. Hon pressar handflatan mot väggen. Det känns inte bra. Helst av allt skulle hon vilja gå tillbaka till sjön och skrika så det ekar mellan alla träd. För det känns inte bra. Handflatan vitnar.

"Varför sitter du där? Helmi? Varför sitter du där?", frågar han.

Hon sitter kvar på golvet.

"Jag vill sitta här", svara hon.

"Är du sjuk?"

"Låt mig vara ifred."

Han går ut ur kammaren. Låter dörren stå öppen. Tänker att det bäst är att låta henne vara. Att det är bäst att vänta. Det kommer att gå över. Hon har mycket att tänka på – att bli mamma är en stor sak.

Han kommer sig inte för att göra något så han sätter sig ner och väntar en stund. Väntar och väntar. Sedan går han tillbaka.

"Helmi svara mig…"

"Varför kan jag inte bara få sitta här?" frågar hon.

"Du får sitta vart du vill? Men…"

"Och då sitter jag här."

"Hur länge då?" frågar han.

"Så länge som det behövs", svarar hon.

Så tänker hon att, så länge som hon sitter så där går det bra. Kliver hon upp kommer hon inte att stå ut, inte en sekund, inte en till.

Hon har sina perioder. Någonting slocknar i hennes ansikte och ögonen försvinner under en grumlig blick. Han försöker hålla sig undan men när han tänker på barnet i magen blir han orolig. Försöker närma sig henne. Hon är inte ensam, han vill att hon ska förstå det. Han finns också om hon vill det.

Nästa dag är det som vanligt igen, en hand på hans över bordet, ett leende. Ögon som lyser igen. Men något är förändrat. Och han kan inte förstå vad det är.

Molnen hängde drömtunga över skogen. Det rasslade i löven, klapprade mot tegelpannorna och sjöng i stuprännorna. Regnet vände fram och tillbaka i vinden som om landskapet blivit vattnad av en gigantisk vattenkanna. Fukten trängde in överallt.

En skata satt på en gammal träpåle, där det en gång suttit en regnmätare, och spanade. Stjärten var lång och naggad efter en gammal skada. Den såg stolt ut med det ljusa bröstet uppburrat och näbben en aning i vädret. Det var skatan som mätte regnet nu.

Regnet avtog sakta som när man försiktigt skruvar till en kran. Äppelträdet var tungt av vätan; det droppade från de svarta grenarna. Ibland hängde dropparna kvar lite för länge för att det skulle vara möjligt. De växte och blev tunga, lossnade och föll av. När vinden ruskade om trädet var det som om det regnade på nytt.

Den gamle tittade upp genom kvisthärvan. Huden var blek, liksom urvattnad och överallt i hans ansikte hade garntunna ådror trängt fram. Hans ögon var klara som porlande fjällvatten. För ett ögonblick (och det räckte), kom det för honom: Dödsvissheten.

Jag vill inte vara död, inte nu, inte på miljoner år.

Han grät tillsammans med trädet.

Den gamle låg bedövad under rötterna och kände hur det ångade och doftade efter regnet; lingon och blåbär och svamp. Livet var härligt.

Han höll i ett vykort som han hittat på morgonen. Det var blött och eländigt, gick inte längre att läsa. En kvast med löv föll genom luften och jagade omkring i vindpustarna efter marken. Han kom att tänka på att han aldrig varit ute och rest. Att han aldrig hade sett något annat land än Sverige. Förutom Hälsinglands skogar och byar med omnejd, hade han bara sett huvudstaden och ett par städer och byar till som han knappt kom ihåg hur de såg ut, eller vad han gjort där, om han överhuvudtaget varit där.

Mot eftermiddagen regnade det ett stilla håglöst regn. Den blöta skogen vaggade i den glaskalla luften. Han frös och drog med händerna efter marken, letade efter ett lakan. De kalla rötterna pressades mot hans kropp. En bild kom för honom, liksom en reflex av ljus och hopp i ett viljelöst mörker. Det var en solnedgång i rött och violett, och varmt som sommaren i unga år. I denna bild fann han palmer. Och så långt visste han: *Att palmer växte söderut. Att palmer är höga och svänger i vinden.*

Han sträckte ut armen. Äppelträdets grenar var på väg att knäckas av tyngden från stora saftiga äpplen. Han kunde med lätthet nå och plocka ett.

Mot kvällen blev det uppehåll och solen trängde nätt och jämt genom molntäcket. Höstfärgerna smälte in i varandra. Träden såg ut som doppade penslar. Men löven på marken hade blivit bruna, nästan svarta och upplösta. Borta i dungen singlade björklöven ner som små kopparslantar i en dröm

Vart hade han sett palmer?

Projektorn sattes igång. Ett virrvarr av bilder och ljud avlöste varandra, for förbi i huvudet. Minnen han hade sett som blivit kvar.

Skuggorna vandrade i stillheten, i månljuset – i trädgårdslugnet.

På morgonen var det dimma igen.

Fyrtiosju år tidigare – Helmis andra sidor

Helmi gillar dimman. Hon kan gå ut i den. Plocka blommor på ängen i den. Den sveper omkring henne och omfamnar hennes varma kropp.

Hon känner med fingertopparna i ängsgräset medan hon går. Söker med sina ljusa ögon som de vore små solar. Mitt på ängen stannar hon till och snurrar ett varv. Gräset tar emot henne då hon faller bakåt; små uppsträckta armar mot henne rygg. Hon ser upp i dimman som svävar fram över grönskan. Hon sveps med.

Han är rädd att hon ska försvinna i dimman. Slukas.

Vem är du? tänker han när de sitter mitt emot varandra, hon och han vid köksbordet. Ibland verkade det som om dimman följer med henne ända in. Att allt ligger som ett töcken i rummen. Det skrämmer honom.

Han ser det på henne, hur blicken blir simmig, hur ansiktets alla drag suddas ut och hon försvinner bort i sig själv. Hur hon andas utåt, knappt alls inåt. På hur hon blir stel som en docka. På hur hon kan vattna en blomma så den blir fylld till bredden och det rinner över.

Vem är du? Vart är den Helmi jag en gång träffade? Vart är den Helmi jag vet och känner?

Det verkar som hon kan höra hans tankar. Hon tar hans hand över bordet, en liten lugnande gest. Det räcker. Dimman lättar.

Han är säker på att hon bär på någonting tungt inom sig. Någonting som hon inte vill dela med sig av. Som hon håller hemligt.

Han vaknar på natten och hon är borta. Han kan fortfarande känna hennes kroppsvärme i sängen. Han kliver upp och tassar fram till fönstret. Äppelträdet blänker av dagg. Rödhaken spelar. Han klär på sig och går ut.

När han vandrar genom dimman på ängen blir han blöt om byxbenen. Än mer kyler det i bröstet. Han rör sig ner mot ån med onda aningar. *Tänk om hon har...* Han vågar inte tänka klart. Måste slå bort tanken.

Himlen ger ett matt ljust sken. Det finns knappt några skuggor. Endast några försvagade, grå rörelser över marken. Hans mage är tom. Han fryser och skyndar på stegen.

När han frågar henne vad det är som tynger henne så, svarar hon inte. Men han älskar henne lika fullt. Ibland sitter hon tyst för sig själv och ser så ensam ut. Han vill gå fram till henne men klarar inte av det. Hon behöver vara ifred.

Plötsligt kan hon börja skratta så tårarna rinner. Hon har fel på nerverna säger de. Det bryr han sig inte om. Hon är som hon är. Hon är ju Helmi.

Han ser neråt ån. Vattnet ser grått ut, det bubblar och rör sig. Det forsar fram över en stenig botten. Längre ner syns strömfåran och djuphöljan. Lugnvattnet är blankt och svart. Bävrarna har varit där och fällt några ungbjörkar som ligger tvärs över och stoppar upp.

Det börjar regna. Först några enstaka droppar mot den svarta spegeln, sedan tätare. Han känner för att stå kvar en stund, berörs inte av regnet. Stoppar händerna i fickorna. Blir sömnig av det höga bruset.

Han drar in lukterna från ån och så får han syn på henne. Hon står på andra sidan. Det ser på varandra, hon och han, medan det grå vattnet forsar fram mellan dem som i en evighet.

Månen liknade en stor båtlykta som skruvade sig fram genom ett grumligt vatten. Det var nollgradigt! Temperaturen hade sjunkit stadigt under kvällen och himlen pryddes med stjärnor som medaljer som glittrade i silver och guld.

Men månen...

Månen var något alldeles extra. Stor och vacker. Den gamle tittade upp mot den i ett försök att slippa frysa.

Döda nätter. Vilsna skrik. Dimma som grävde sig upp ur marken. Månen tog bort allt det där med sitt ljus. Men nätterna blev allt kallare.

Kostymen hade ätits upp av naturen. Den var inte mer än ett nät av trådar och fransar.

Hur levande han än kände sig, hur nära han än hade kommit - härdats och blandats ihop med naturen - var han fortfarande en människa. Och en människa fryser.

Om solen ibland silade in mellan rötterna. Om dagen var där, kunde han se den genom smala springor av ljus. När mörkret lagt sig hade han fullt upp med att hålla sig vid liv. Slappnade han av, skulle han frysa ihjäl.

Jag vill leva! Han sade det högt mellan tänderna. Mot månen, ett öra som lyssnade.

Fyrtiosju år tidigare – Helmi flyttar in.

När han sitter på tallstubben kan han se ut över skogsklädda kullar som sträcker sig så långt ögat når. Höstregnet verkar inte vilja ge med sig. Dagarna går sakta. Men han har i alla fall något att se fram emot. Han ska träffa Helmi i byn och se en film. Han och hon.

Han känner hur hela världen ligger för hans fötter. Det är en sådan där känsla som inte går att beskriva utan att man famlar efter ord. Han vill ropa ut vad han känner men vet inte vad han ska ropa. Han vill springa iväg för han är rädd, rädd för att spricka, att känslan kommer att bli övermäktig. Och på samma gång - om han inte sitter kvar kommer känslan att försvinna och aldrig komma tillbaka.

Han tänker på henne och ser henne framför sig. Hon ler ofta. Ena mungipan stannar kvar vilket får munnen att bli en aning sned. Det är vackert. Men lika ofta är hon allvarlig och tankfull. Hon ser ut att vilja hitta en lösning på världens alla problem. Vad hon egentligen tänker och tycker är svårt att begripa.

Han står och väntar. Är tidig som vanligt. Hon kommer cyklande. Han lägger sin hand på hennes kind. Hon blundar och håller kvar hans hand.

Han tänker på henne medan de strövar fram i bredd med cyklarna. Håller blicken längre fram på skogsvägen, en raksträcka som höjer sig i ett krön.

Det går sakta att lära känna henne, tycker han. Helmi är pratglad, men hon berättar sällan saker om sig själv. Hon kan också vara tystlåten. Det är skönt det med, tystnaden.

När han sagt hennes namn för tredje gången blinkar hon till och tittar på honom.

"Vill du inte se hur jag bor?" frågar han.

Helmi stiger in i torpet. Hon blir stående mitt på golvet. Han går fram till henne, tar hennes kappa och hänger upp den. Hon blundar och ler. Hon vänder sig om och de ser på varandra.

"Så här har jag det", säger han.

"Så fint det är", säger hon.

"Skulle du trivas här?" frågar han.

Hon skakar på huvudet. Ser med sina stora ögon in i hans.

"Jag kan inte…"

"Klart du kan…"

Hon trycker sitt ansikte mot hans bröst.

"Det kan du väl", säger han och lägger en hand på hennes hår. Hon tittar upp på honom igen med tårar i ögonen. Och nickar.

Helmi har med sig två resväskor, båda gjorda av brun papp. Hon ställer ifrån sig dem och suckar. Sedan går hon omkring, från fönster till fönster. Rör vid väggarna. Ser upp i taket.

"Nu är du här", säger han.

"Ja, nu är jag här", svarar hon.

Den gamle vaknade lätt i hjärtat och med lika lätta lyckliga andetag. Kroppen kändes underligt rensad från allt obehag. Minnena, alla utspunna tankar, virvlade av liv. Han kände spänsten, kraften och ungdomen återvända. Rynkorna slätades ut när ett högt moln skymde solen. Kontrasterna försvann och för ett ögonblick blev han ung i ansiktet. Det sträva toviga håret återfick sin blankhet. Han trötta, inflammerade ögon brann till och slocknade och tändes igen. Han sträckte på halsen och blundade. Drog in luft i lungorna och somnade om i ett rus.

Visst finns det rum kvar i hjärtat. Massor av rum för saker som är fint.

Hjärtat brände inte längre. Han behövde ingen medicin. Behövde ingen tröst. Han vaknade varje dag och slungades upp i ett lyckorus; steg och fortsatte att stiga i en rasande fart.

Den vilda trädgården med all sin höstprakt - varje buske, träd och vissnad blomma, hade blivit hans vänner. Han fick en känsla av att naturen visste att han låg där. Att den hade tagit emot hans fall och hållit kvar honom i sin famn.

Ett och annat oläst vykort rörde sig i gräset. Skrynkliga och blöta låg de och torkade i solen. Där syntes Kristusstatyn på Corcovadoberget, fiskevatten i Peru och Transylvanska slott. Hans egen resa, den han inte riktigt visste vart den skulle sluta, hade inget text. Han hade velat skriva den om han kunde.

Han brydde sig inte länge om vykorten, reklambladen och väderleksrapporten i dagstidningarna. Det var mer spännande att se på fåglarna som rörde sig fridfullt över himlen. På höstlöven som föll mot ansiktet. På höstfärgerna som brände i ögonen.

Samtidigt som naturen var hotande och övermäktig var den också betryggande, nästan moderlig. Den gjorde honom ung. Samma vatten som sögs genom rötterna gick nu också genom hans egen kropp.

Han flämtade till och kände strupen vidga sig. Han ville brista ut i sång, härma fåglarna, testa sin rösts styrka. Ville visa att han levde. Men det var svårt då strupen var fylld av gråt.

En vit, krusig molnstrimma slingrade sig tvärs över himlen som en gigantisk korkskruv i en Salvador Dalí-tavla. Vinden tjöt. De nakna trädgrenarna började vispa runt och droppa av regnvatten. Han snyftade till några gånger och bröt fram en hand så han kunde dra bort blodet som hade börjat sippra under näsan. Han kände på sitt ansikte. Stack in några fingrar i munnen och drog ut en lång vit fjäder. Såg på flyttfåglarnas "V" när de flög söderut över himlen.

Så fyllde han munnen med luft, putade med läpparna och istället för sång eller gråt kom en visslande ton.

Han försökte tänkta ut vad han skulle ha sagt om han hade fått träffa henne igen, Helmi. Det hade väl varit så att de aldrig talat ut ordentligt.

När han tänkte på Helmi förändrades hans ansiktsuttryck, liksom stelnade till. Han hade aldrig berättat hur mycket han älskade henne på riktigt, aldrig, inte på det sättet. Att han inte ens haft huvud att säga några vettiga ord på henne dödsbädd grämde honom så det krampade i hjärtat. Det var hon som hade pratat in i det sista. Han hade lyssnat; det hade han ju i alla fall varit bra på.

Fyrtioåtta år tidigare – Gården brinner ner

De första åren vänjer han sig inte. Han vaknar men är fortfarande halvsovande då han sätter på sig hjälm och larmrock. Det är högsommar, vilket innebär hög beredskap. Han måste vara uppe i tid. Har han tur ska han få sitta en stund i brandtornet.

Det är fortfarande natt och han vankar fram över golvet, söker i mörkret efter brandyxan, den med bred egg på ena sidan och böjd pik på den andra. Tar på sig hjälmen som hänger på spiken innanför dörren. Insidans läder har format sig efter hans skalle efter många svettiga utryckningar.

Han ser in i torpet innan han stänger dörren om sig och går ut i den ljumma luften. Traskar neråt vägen. Det är åska i luften. När han kommer förbi stenmuren ser han sjön och längre in bakom potatislandet, beteslandet och hagen. Gården där han har växt upp.

Han tänker på sin pappa som är sängliggande. På hans dåliga hjärta som han kanske har ärvt. På hans mamma som håller på att slita ihjäl sig.

Han stannar till. De ligger nog och sover ännu. Det är fortfarande natt men han hinner inte hjälpa till. Men kanske när han kommer tillbaka, som han har lovat.

Hans uppgift är i första hand att lyda order. Att fälla träd, tända moteldar, kuva och släcka eldar genom kylning eller kvävning. Se till så inget kringflygande stoff hamnar där det inte borde hamna. Det har gått ett larm om att det är eld i skogen, en väg behöver iordningställas. Det måste göras plats för en motorspruta. Eventuella diken behöver dämmas upp. Han måste vara på plats så fort som det är möjligt.

Det tar hela morgonen och hela dagen innan elden är under kontroll. Han mår illa som vanligt efter släckningen. Det röda F-filtret i ansiktsmasken har inte hjälpt mot den besvärliga röken.

Han är på väg hem, när det andra larmet kommer. *Det är gården eran*, får han höra. *Det är far och mor dins gård som brinner.* Han springer genom skogen. Aldrig har det varit så långt. Går att se det långt innan han har kommit fram. Hur hopplöst det är.

Elden är en ogenomtränglig vägg. Den sliter tag i gårdens alla byggnader - boningshuset som ladugården som logen som gäststugan som vedskjulet. Aska svävar som stora svarta fjädrar i luften, den stora röda djävulen är lös, söker med sina armar, griper tag i allt den kommer åt. Brunnen öses torr. Det finns inget mer att göra.

Marken omkring är svedd svart. Fönstren är smälta. Korna har råmat och tystnat. Bara några enstaka djur har kunnat räddas. Tjock rök stiger mot himlen. Taket i boningshuset har rasat in i ett flammande moln; i ett gnistregn av torv. Det sotiga stockskelettet syns i lågorna.

Hans kläder är nästan helt avbrända. Han sitter på en björkstock och drar sina sotiga händer över den vita flagnade barken.

"Ska du inte gå hem", är det någon som säger. Det är inte en fråga.

Hem. Han ser sig omkring i förödelsen.

"Alla är välbehållna, borta i torpet", säger rösten. Han känner en hand mot sin axel och rycker undan den.

Det har blivit mörkt. Han sitter kvar på björkstocken, ovillig att röra sig. Benen känns omöjliga att stå på. Har inte märkt att det har blivit natt förrän nu. Månljuset kyler mot ryggen.

Månen…

Han ser upp på den bleka månen. Den är kvar som förut. Han ser en slinga av rök dra förbi.

Bara torpet kvar.

Han vet inte att inom några år är det bara han kvar. Ensam i torpet.

Vinden hade mojnat. Bara ett lätt rasslande i de fåtal löv som hängde
kvar. Kråkorna kom flygande med korthuggna krax. Tystnaden hade
spruckit. Någon hade skjutit i skogen. Det var jakt.

Tonen i huvudet var dov och slumrande.

Nätterna hade varit långa och mörka. Men mörkret hade varit skönt.
Ögonen kunde vila. Nu låg ett skugglöst ljus över trädgården. I luften
hängde små regndroppar. Det droppade från de slippriga rötterna, och
det rann genom den gamles skägg. Han fångade en mus som han bet
huvudet av. Hans ögon vändes ut och in när han tuggade på det lilla
djuret och svalde. Sedan slickade han sina fingrar. Fick inte utelämna
något, han behövde varje bit. Hungern hade satt sig i hans ansikte.

Han vred på huvudet som det hade stått någon och böjt sig fram
över honom och viskat: *Du kan komma hem nu.* Han såg upp i luften.
Bara ögonen lät sig förstå att han redan var hemma, att det var där han
skulle stanna – i gräset.

Han sitter vid köksbordet och hör gökuret. Pendeln svingar fram och tillbaka.
Han stirrar på en fluga. Postbilen har varit där och tidningen ligger
uppslagen på bordet. Han fingrar på bordsduken. Snart ska de komma och
hämta honom, färdtjänsten. Han vill inte.

Han hörde det igen mot eftermiddagen. Skott i skogen. På avstånd.

Han hade legat still i närmare ett halvt dygn. Han var blöt och genomfrusen. Nu rörde han sig en aning. Vred sig i kvistboet. For med handen över sitt blöta, toviga skägg. Rev bort löv och plockade med osynliga cirklar, kuber och trianglar. När han vände ansiktet och såg ut genom en liten glugg mötte han ett par ögon. Den stod mitt emot honom, andades med tungan utanför munnen, hunden.

Han hör bilen stå och gå. De väntar på honom. Han sopar ihop en hög med smulor på bordet. Föser ner dem i handen. Telefonen ringer. Han låter det gå några signaler. Sedan reser han sig och går ut.

Hunden satt stilla och såg bort mot skogen. Andades, svalde och andas igen. Den tog några steg mot kvistboet, nosade och vände. Den gamle tittade efter den, långt efter att den hade lunkat iväg.

Det luktar plast i bilen och sedan spolarvätska. Torkarna gör vindrutan ren. Han sitter i framsätet bredvid taxichauffören. Radion spelar. Han öppnar handen, smulorna är kvar.

Han tog ett djupt andetag. Trädgården verkade så öde. Kanske hade han sett fel. *Varför skulle det komma en hund?* Han tittade igen åt det håll han trott sig han sett den.

Det kalla stetoskopet går snabbt över ryggen, sedan lika snabbt över bröstkorgen. Läkaren sitter kvar en stund under tystnad. Han nickar för sig själv och vänder sig mot dataskärmen.

"Det blåser lite grann i hjärtat", säger han.

Den gamle vet det.

"Bor du helt själv", säger distriktsläkaren fortfarande vänd mot skärmen.

Den gamle låtsas inte höra.

"Har du någon som hjälper dig. Du har inte funderat på att flytta?"

Den gamle reser sig. Han tar sina kläder och går iväg. I korridoren stannar han och sätter på sig tröjan.

Det klapprade mot tegelpannorna och sjöng i stuprännorna. Kvistar klöste och lossnade. Vettskrämda löv skakade i den rasande höstkvällen, visslade som från såriga munnar.

Djupt inne i skogen hördes ljudet av träd som knäcktes.

Den gamle fortsatte att leva. Kroppen vägrade att dö. Sakta låg han och vägde mellan verklighet och dröm. Två tillstånd som gled in i varandra, en verklighet i en annan. Ena stunden var det dag, i nästa natt, och höstlöven såg ut att komma från månen. Han blev bevattnad och det växte och svällde inom honom. Han famlade i mörkret efter en filt. I kylan löste trådarna upp sig i begravningskostymen.

Femtiotre år tidigare – Han och hon

Han är ung. Hon är ung. Ingen vet att den andre finns. Snart ska de mötas för första gången.

Han har klätt upp sig och kammat håret blankt. Har cyklat de femton kilometrarna in till stan och satt sig i biografmörkret.

Han tittar sig omkring och bedömer läget. Känner ansvar. Han vill försäkra sig om att brandsläckarna fortfarande är där de ska, att alla nödutgångar, i det här fallet en nödutgång, är fri. Att antalet biobesökare inte är mer än det får vara, vilket inte brukar vara någon större risk. Det är sällan mer än halvfullt.

Runt omkring honom sitter ungdomar, de flesta parvis. De bor i närheten. Han har sett dem där förut. Några har han sett på marknaden. Några har han till och med bytt några ord med, någon gång. Själv bor han kvar på gården med sina föräldrar och sin syster. Få har ärenden åt det hållet. I de andras ögon är han en enstöring. I vanliga fall är han tvungen att vara hemma och hjälpa till på gården. Men nu är det söndag; han kan göra vad han vill.

Han slänger några försynta blickar omkring sig. Någon pojke har en arm runt sitt flicksällskap. Några har kommit i gäng och pratar högt och gör sig lustiga inför sina kompisar. Själv sitter han på tredje raden från duken. Han är ensam förvisso, men när filmen väl har börjat spelar det ingen roll. Filmupplevelsen är det viktigaste.

Kvällens film heter "Förföljaren" och är regisserad av John Ford. Förväntningarna är stora. Natalie Wood är med i filmen. Han har varit dödligt kär i henne ända sedan han såg henne i "Ung Rebell" året innan. Nu ska han få se henne igen.

Westernfilmer intresserar honom. Han gillar äventyret, landskapen och floderna och bergen. En film bör inte vara för tillkrånglad. Den får gärna likna hans egen vardag, men inte för mycket. Han vill bort från verkligheten, bort från gården, till en plats dit tankarna kan glida iväg en stund.

Filmen börjar.

Helmi är försenad till biografen. Hon tränger sig in i en rad och vinkas vidare tills han reser sig upp för att låta henne förstå att det finns en plats ledig bredvid honom. Helmis hår är lockigt. När hon drar undan luggen syns hennes pigga ögon. Leendet är något snett men så innerligt. Så bländande. Så vackert. Ett ärligare leende har han aldrig sett. Från och med den stunden är Helmi för evigt förknippad med det karga, rödlysande biograflandskapet. Hon är en ökenblomma.

Filmen tar slut och hon rester sig upp. Han gör detsamma och det blir precis som om de var där i solnedgången i prärien. Nästa gång ska han bjuda henne på biljetten.

Ibland kommer hon och han tillbaka till biografen. Ibland promenerar de en bit med varsin cykel. Ibland pratar de om vad de tyckte om filmer som de har sett. Ibland om något annat.

Nu följer hon honom en bit på vägen. Det är kallt och snart är det vinter.

Vinter

Livet och drömmarna äro blad ur en och samma bok...

Arthur Schopenhauer – Världen som vilja och föreställning

TRETTIOSJU

Hur vi än väljer att leva våra liv, finns i människan alltid en nedsvald krok.
Döden har hullingar. Spjärnar vi emot, halar den in oss.

Det hade blivit vinter. Löven hade fallit av och träden, stelnat och blivit skelett. Den gamle var fortfarande en människa med skinn och ben, blod och galla och organ som jobbade inne i kroppen. Och i allt detta fanns en själ.

Sommaren fanns kvar i bröstet. Hösten var begravd i håret och regnet sipprade i blodet. Han var spröd som isskorpan på marken. Vit av frost. Med ögon som blinkade med sådan glasaktig klarhet att man hade kunnat tro att han när som helst skulle kunna resa sig och gå in i torpet som han brukade. Att allt bara hade varit ett skämt:

Hur kan du ligga så där under kvistarna? Kliv upp och kom in värmen istället.

Det var vackert och sorgligt på samma gång, som en infryst blomma.

När han vaknade en dag i november var hjärnan klar som en städad vindsvåning. Tankarna kunde stiga fjäderlätta och himmelshögt utan stopp. Han tittade upp och anade dagen utanför kvistarna, små springor av ljus. Himlen var vidöppen och molnen var som bortsopade. Kylan var blå. Den rörde sig som en dans.

Sjuttiotre år tidigare - Farfar

Han är nio år och står och ser in i tvättstugan nere vid ån. Där inne trängs Elvy, hans mor, med pigan Adina. Syster Aina är också där. Mors händer är röda och skrynkliga. Hon använder tvättbrädan.

Han är ledig från skolan idag men det finns många sysslor att ordna med fast han helst känner för att göra något annat. Han går på folkskolan i byn med varannandagsläsning. Helst ville far att han skulle vara hemma och hjälpa till på gården varje dag. När han blir tillräckligt vuxen ska han ta över drängens arbete. Något annat är helt uteslutet.

Han strövar omkring en stund utan att varken göra det ena eller det andra. Går in i boningshuset. Tar av sig pjäxorna men låter flanellskjortan vara på. Det är varmt och skönt. Elden sprakar i spisen. Han dricker lite från vattensån, fyller nästan hela skopan.

Snart är det vinter. Isläggningen. Snön och tystnaden. Kylan.

På bordet ligger dagens tidning. Ljusnan. Han bläddrar lite förstrött i den. Farfar är där, men han stör inte.

Den unge tittar ut genom fönstret en stund.

Far och farbror står och vevar på traktorn. De har stått hela morgonen. Far är arg, det syns. Han svär och det syns också.

Nu kommer Aina gående längst stigen från ån. Hon ser ut att drömma, det är konstigt att hon ser vart hon går. Kanske tänker hon på att Svenska Landsbygdens Ungdomsförbund har ordnat dans i byn på lördag. Själv gillar han cirkus och film.

Han vänder sig åter inåt rummet. Farfar tar fram näsduken och torkar sig om sin stora näsa. Han tuggar och smackar belåtet med sin mjuka tandlösa mun.

Den unge vänder på stolen så han kan sitta och titta på honom en stund. Han säger inte ett ord. Kanske vet inte farfar att han sitter där. Han ser på hans gamla huvud med tunna och vita hårstrån, på fläckarna i hans hud. Ser hur han har något i tankarna men kanske ändå inte? Hans händer verkar ha ett eget liv, pigga ändå, som de ville ha något att arbeta med.

Förut om åren brukade han alltid berätta historier från förr. Sedan blev hans röst allt sprödare tills han slutade helt. Kanske fick han slut på berättelser.

Det var alltid spännande att lyssna på honom. Om hur han hade levt. Då knarrade hans röst som golvet. Hans röst hade en mörk ton men bakom tonen fanns en pipigare röst liksom han var ett barn på nytt. Ett barn som hade blivit gammalt. Han pratade alltid högt eftersom han själv hörde dåligt. Ibland gick rösten upp i falsett. Den unge fick sätta sig en bit ifrån för allt spott. Mot slutet, innan rösten försvann helt och hållet, brukade det rinna spott ur hans mungipor utan att han ens märkte av det. Det var äckligt.

Nu har farfar kräfta. Det finns inget bot i världen säger hans mor. farfar är gammal, urgammal, så gammal som i sagorna. Snart finns han inte mer. Det är väl inte mer med det.

Solen sjönk snabbt. I en mörk tunnel som i ett öra, slingrade sig den gamles drömmar fram.

Om de senaste årens drömmar hade varit som galgar i en ekande garderob var de nu förklädda, till och med eleganta.

Den gamle hade haft en återkommande dröm. En besynnerlig dröm där han kliver in genom en port till en okänd byggnad. Dörren är mycket tung att öppna. När han väl kommer in ser han en folksamling som sitter och väntar på honom vid ett stort och dukat bord. Alla vänder sig till honom när han stiger in i rummet. Han känner vartenda ansikte. Han vet vilka de är. Det var alla han någonsin hade känt.

Han var där för att ta farväl.

En storlom flög och skriande över sjön, avlägset som en tågvissling.

Ingen visste att den gamle låg där han låg. Ingen letade efter honom. Det var som han hade fallit ur tiden. Men han kunde fortfarande andas, han kunde fortfarande tänka.

Döden… Var lika svår att förklara som själva livet.

Hur kan man veta att man lever då man inte vet hur det kommer att vara när man är död?

Han tog ett djupt andetag. Ett fång iskristaller föll genom luften och smälte mot hans panna. Det föll igen och den här gången smälte det av hans ångande andedräkt. Han drog ett nytt andetag. Fyllde lungorna med isande luft. Kunde känna att hjärtat pickade innanför bröstbenet. Om än något saktare, något släpigare som om det sakta höll på att bromsa in.

Den dunkla trädgården låg kusligt öde.

Det var tyst i skogen.

Vad gör fågeln när den dör? Faller den av grenen, flyger den tyst iväg i sin ensamhet?

Kvällen passerade och natten tog vid, trädgården behöll sin ödslighet och sin stillhet ännu en stund.

Var det röster han hade hört?

De moln av rimfrost som med jämna mellanrum bolmade fram ur kvisthögen, stannade av för några sekunder. Ett skimrande ljus hade trängt fram ur natten. Ett ljust öga svepte omkring. Någon klev omkring i knähögt ris.

Den gamle stötte ur sig flera andetag och lyssnade.

Flera ljuskäglor trängde nu fram genom skogsmörkret. Röster och rop hördes skalla. De ropade efter någon. Gick sakta och kom närmare.

Hundskall.

Ljusstrålarna fäktade fram och tillbaka, bröts bakom något träd.

Nu är de här. Nu är räddningen äntligen här. Med ens ville han upp igen. Han försökte ropa, skrika, vinka. *Hallå här är jag!! Finns det någon som kan hjälpa en gammal man på benen?* Men strupen var snörd och kroppen bortdomnad. Rösterna avlägsnade sig. Och försvann.

Det var en dröm, försökte han inbilla sig själv, bara en dröm som allt annat.

Trädgården låg lika ödslig som innan. Inte ens en fläkt - inte ett liv - bara ett dödens mörker, tyst som graven.

Dröm eller inte, bredvid honom stod nu ett par fötter i ett par skitiga gummistövlar. Och ovanför i ett par små byxor och liten stickad tröja fanns ett pojkansikte med rödgråtna kinder. Han var lortig och frusen. Och med stora ömkande ögon tittade han på den gamle. Och trots lorten, kylan och gråten tittade han på den gamle med en blick som sade att det var mer synd om den gamle än honom själv. Och när pojken stått där i några minuter, vilket också skulle kunnat vara flera timmar, vände han sig om och gick bort i mörkret.

Det var förunderligt. Pojken såg precis ut som han själv en gång hade gjort. Och han kunde svära på att han (om det inte var för att han trott det var en dröm), verkligen hade träffat sig själv.

Sjuttiotre år tidigare – Gå vilse

Pojken sitter på knä på en gräskulle intill åkanten och rensar fisk. Det är tre fina bäcköringar några hekto styck. Han tar bort inälvorna och hugger av huvudet. Fiskögonen stoppar han i munnen och suger på som det vore karameller.

Han tänker aldrig på att fisken också har ett liv. Han tänker aldrig på att alla som lever har ett liv och sedan blir död. Han tänker aldrig så.

Förutom att han går i skolan jobbar han hemma på gården. Varje söndag är han ledig. Han behöver inte gå i kyrkan, ingen annan på gården gör så. På söndagarna är han mest ensam och håller sig till fisket. Det är sent på året och han har varit ute sedan solen gick upp. Han har gått långt efter ån på jakt efter de bästa höljorna. Utmattningen och spänningen sitter kvar i kroppen. Om det inte hade varit för bävern som skrämt bort fisken hade han suttit och lurpassat en stund till.

Nu gör han upp en eld och grillar fisken. Han kupar händerna och dricker av det kalla rinnande vattnet. Fisken smälter i munnen. Han sitter en stund och ser in i de dansande lågorna. Drömmer om att han är en brandman.

Han vaknar vid elden och sätter sig upp på armbågarna. Försöker blinka bort dåsigheten.

Han lyfter på kepsen och skakar på håret. Har jord under näsan och fiskkött på kinden. Han tar en bit av den grillade fisken. Tuggar på den och spottar ut några ben. Fiskbiten är hård och iskall. Elden har slocknat.

Han tar upp väskan som stinker av gammalt fiskrens. På botten blänker det av intorkat fiskfjäll, slem, blod och dåligt rengjorda krokar.

Han måste hem. Det är bråttom, solen är på väg ner bakom trädtopparna. Han vet att han inte kommer att hinna hem innan det blir mörkt.

Det är en lång väg genom skogen. Visserligen har han gått efter ån så det blir lätt att hitta tillbaka. Men så fort det blir mörkt finns risken att han kliver ner i vattnet.

Han tror sig känna till en genväg så han viker av upp mot skogen.

Han blir stående då han kommer fram till en myr som han inte känner igen. Bestämmer sig för att hitta till brandtornet. Därifrån hittar han, mörkt eller inte. Han kan vägen utantill.

Han tar sig mot ett berg som reser sig som en stor skugga framför ögonen. Snart är det för mörkt. Stigningen är besvärlig och han snavar omkring. Tar längre kliv. Det är bråttom nu.

Han springer. Det klafsar under stövlarna. Han stannar till med andan i halsen. Stöder sig mot en trädstam. Lyssnar. Mor är säkert orolig. Far kommer säkert att ge honom en örfil. Han står nog och väntar på honom redan nu. Han försöker se genom mörkret. Är nära till gråt. *Det var dumt att ta en ny väg, borde ha följt ån.* Han fortsätter på måfå uppåt skogen. Irrar fram mellan träden. Gång på gång skrapas han av utstickande grenar. Han viker av då han äntligen hör vattenbrus. Men mörkret är redan över honom.

"Kylan och snön och blåsten och det obarmhärtiga mörkret och ensligheten..."

Den gamle kände inte längre den kalla vinden eller hur tårarna frös till is på kinderna. Han märkte inte när mörkret kom. Eller hur det på himlen hängdes upp blommor av ljus.

Det sades att livet skulle passera som i en revy.

Ett myller av händelser blinkade förbi i hans medvetna som filmsnuttar.

En spik genom foten... ångan från soppan i köket... ett ryck i flötet, en sjungande bäck, ett par flinka ben och varma färger... mor och far... en värld som en gång fanns... den dödes mun... en varm flicka... sårskorpor på knäna... mor och far... fyrklöver... glasspinnar... slakt... far... himlen, myggen och åskan... regnet och dofterna... en kyss... tvätten... mor... ångan... blodet... elden... döden...

Helmi...

Om jag vore ett barn på nytt - om jag fick leva om allt igen.

Han låg där han låg. Kunde röra lite på huvudet, på ögonen och på fingrarna. Nuet gick inte att rucka på. Men i tankarna gick det att vandra tillbaka till det som en gång varit.

Livet.

Tidens bilder gick att böja, förvränga, frysa. De kunde synas i ett annat ljus, ett skimmer; en befrielse från det som varit hårt och ledsamt.

Han tog några flämtade andetag. Och när han tittade upp mot himlen hade det börjat snöa.

Sjuttiosju år tidigare - Döden

Pojken drar fram en pall och ställer sig på den. Han ser ut genom fönstret. Vinterhimlen är täckt av stjärnor. En spetsig månskära syns över grantopparna. Om det inte hade varit för snön hade det varit fasligt mörkt. Nu går det att se längre inåt gården. Han ser en upptrampad stig mellan byggnaderna.

Varför kommer inte far?

Pojken är knappt fem år och liten för sin ålder. Han har stora ögon i sitt lilla häpna ansikte.

Tänk om far skulle dö.

Han förstår inte riktigt vart denna oro kommer från. Har aldrig tänkt så förut.

Han vänder sig om och ser in mot köket som står tomt. Ljuset rör sig därinne. Nyss gick någon förbi och strök honom över håret. Var det kanske farmor eller någon av pigorna? Alla vill klappa och ruska om i hans hår.

Klockan är mycket. Det har slagit många hel och halvtimmar från golvklockan sedan far gick ut. Han sa inte ett ord innan han gick. Ansiktet var alldeles blekt och ögonen mötte inte när han frågade vart han skulle.

Pojkens mor Elvy kommer in i köket och sätter sig ner på en stol. Hon skruvar sina händer i knäna. Pojken hoppar ner från pallen och rör sig sakta genom rummet, förbi köksbänken som är belamrad med bunkar, mjöl och kavel. Han når precis upp.

När han är ensam brukar han dra fram pallen så han kan nå baksmeten med fingret. Han brukar passa på när ingen ser. Det retar gallfeber på farmor. Men ikväll är han inge sugen. Och varken farmor eller mor har varit vid köksbänken på hela kvällen. Han kan se att mor är orolig. Huden nedanför halsen har blivit rödflammig, hennes kläder är i oordning och hennes ljusa röda hår har löst sig ur knuten och har fallit ner över hennes svettiga panna.

"Kom hit", säger hon och ler.

Pojken går fram och pressar en kram. Hans näsa försvinner in mellan brösten och han drar in hennes doft i näsan. Hon ska till att rufsa hans hår men ångrar sig. Hon vet att han inte gillar det. Han tittar upp och nu ser han att hon har tårar i ögonen.

"Kommer far hem snart?" frågar han.

Elvy tittar på honom, granskar hans ansikte.

"Jag vet inte", svarar hon

"Men… mor är ju ledsen".

"Erik är sjuk. Far har gått efter Westin och det är en lång väg i snön."

Han visste inte om han skulle bli ledsen eller glad. Han gillade "Drängen Erik" men kände ändå sig lättad över att var han och inte far som var sjuk.

"Kommer han att dö?"

I samma stund stiger doktor Westin in igenom dörren. Han tar av sig sin stora mössa och ställer ifrån sig sin väska. Utan ord visar Elvy honom till en stol vid bordet och serverar kaffe. Hon ställer fram en flaska med konjak som doktorn viftar bort. Kort därefter hörs far stampa av snö utanför och stiger sedan in. Han är allvarlig. Pojken möter honom med en snabb och hård kram. Far klappar honom på huvudet och sätter sig vid bordet mitt emot doktorn. Mor häller upp en kopp till och far fyller genast på med starksprit. Sedan sitter de där. De två männen ser på varandra över bordet.

Doktorn Westin håller en näsduk mot näsan.

"Har han varit där inne?" Han nickar mot pojken.

Far skjuter ut med armarna. Läpparna knyter sig. Han skakar på huvudet och ser bort mot mor som har stelnat till.

"Vad kan vi göra åt det?" säger han.

"Hur länge har han varit sjuk?" frågar Westin.

Nu är det Elvys tur att svara:

"I en vecka, varken mer eller mindre."

Så snabbt, säger doktorn eftertänksamt. Han spänner näven om näsduken.

"Vem har han träffat?"

Han röst är hård.

"Han var på dans neråt Sörvallen", säger Far.

"Herregud, vart mer?"

Far ser upp mot mor igen.

"Marknaden..."

Det blir tyst. Ingen säger något på en bra stund.

Det är doktorn som bryter tystnaden:

"Det är lungsoten. Låt honom ligga kvar i lillhuset så länge", säger han och nickar. Smittan kan sprida sig. Tuberkulosen är svår att hejda. Det blir er död".

Far har stigit upp från bordet. Han har gått iväg till fönstret. Nu står han där med ryggen vänd mot rummet.

"Ska han inte få en begravning?" frågar han.

"Vill du begrava hela familjen?" svarar Westin.

Far vänder sig om. De två männen ser allvarligt på varandra medan fotogenlampan flämtar till. Det har blivit varmt i rummet. Det immar på fönstren. Köksklockan verkar närma sig, som om den lättade från det mörka hörnet. Pojken känner inte av värmen. För första gången sprider sig en fruktansvärd kyla i kroppen. Det är döden han känner.

Innan doktor Westin går lutar han sig till far och säger:

"Du får lov att slakta korna."

"Varför skulle jag göra det?" säger far upprört.

"Smittan kan finnas i mjölken."

Far nickar allvarligt.

"Och en sak till, skicka iväg pojken."

Far gjorde allt som Westin hade sagt. Men han skickade aldrig iväg pojken. Och i flera år undrade pojken vart han skulle ha skickats. Det var ju där han hörde hemma. På gården hos sin mor och far.

FÖRTIO

Snöflingorna föll genom stillheten, förbi alla tysta träd och lade sig i ett tunt lager över marken. Det första den gamle kom att tänkta på var askan han en gång sett efter en skogsbrand. Det gråa och det vita som virvlade i luften i det tidiga morgonljuset letade sig in i kvistboet och landade i hans ansikte. Han stack ut handen genom rötterna. Letade efter någon att hålla i.

Helmi.

Den mjuka varma handen.

Han försökte att blinka bort det grumliga. Kunde efter en stund se att det inte var aska som flög emot honom. Det var fjädrar.

Någonting stort hördes i luften. Vingar som flaxade.

Den gamle fångade en fjäder mellan fingrarna. Släppte den igen.

Det är dags... Han tog ett ordentligt tag i en rot och slet i den tills den gick av. Fortsatte med en annan. Bröt och bände. Slet och drog.

Det knarrade. Någonting var på väg att brista. Vulkanen i hans kropp, livet var på väg ut. Han vred och vände sig, slog och fräste med fradgad mun. Rötterna drogs upp ur jorden. Grenarna rörde sig och gav vika. Han drog sig upp och blev sittande i kvisthärvan.

Helmi nu kommer jag.

Han reste sig och stod upp i sin nakenhet.

Benen fungerade och han tog några steg.

Fick syn på en röd garntråd som hängde lös och slingrade sig bort i det kalla gräset. Det rörde sig en aning i vinden. Garnet.

Den gamle gick långsamt och följde garnet jäms med tills det vek av och försvann upp i den mjölkvita himlen. Han tittade upp. I hans ansikte fanns en hel livstid sparad för just denna enda stund.

Och sedan… Lyfte han på sina splitternya vingar.

Döden var inte tyst. Den kom sjungande.

***

Sjuttiosju år tidigare - Brandtornet

Pojken följer de knappt urskiljbara spåren under pudersnön. Det är långa steg. Han får hoppa fram. Sjunker ner med halva låret och får snö innanför plösen på pjäxorna. Det gör ingenting. Han är envis.

Solen slår tillbaka i snön och får ögonen att klistra fast mellan tårarna.

Fiskekniven hänger löst och slår mot låret. Han behöver den.

Han stannar till och lyssnar till sina egna andetag som är tyngre då öronen är täckta av mössan och pulsen är dov som en flod.

Sista biten är brant. Han ser tornet på krönet.

Han står nedanför tornet och gapar. Drar in den kalla luften. Släpper ut den igen så andedräkten ryker. Stegen reser sig högt mot himlen. Brandtornet ser ointagligt ut. Några enstaka snöflingor singlar genom luften och smälter mot ansiktet, hans varma hud.

Han står tills nacken börjar ömma och bakhuvudet tynga. Då tar han av sig vanten. Sträcker fram handen och känner på träet. Fingrarna är varma, röda och skrynkliga. Stegen verkar stadig. Inte särskilt hal är den heller.

Men hans ben är mjuka och nervösa.

Ska han våga?

Han står kvar och låter pulsen sakta ner. Floden blir tyst bakom hans öron. Han tar de första stegen, en pinne i taget. Stegpinnarna verkar oräkneliga. *Stannar man och ser ner mot den hårda marken kommer man att falla.* Det vet alla. Han känner efter så att kniven är kvar.

Det sista han vill är att någon ska klättra upp efter honom. Men upp ska han.

Det verkar förutbestämt på något sätt, precis som allt annat i livet.

Han är snart sex år och det är första gången han klättrar upp. Han är rädd men fortsätter ändå. Något annat vore otänkbart. Hjärtat slår och musklerna kämpar. Har han kommit halvvägs? Han får inte stanna.

Rädslan gör honom trött. Rädslan får honom att fortsätta.

Känslan när kroppen viker sig över kanten, när han lägger sig tung mot golvet är obeskrivlig. Han tar av sig mössan. Är svettig i pannan.

Han känner höjden under sig. Han känner höjden över sig. Handen letar sig ner mot låret. Han fattar tag i kniven, drar ut den ur höljet.

Det är första gången han är i tornet. Han ristar in sitt namn: *Arne*

Han vågar sig fram till kanten. Känner hur det fläktar i hans hår.

Landskapet är glasartat där nere. Kanske anar han en röst genom vinden. Någon som ropar hans namn.

Luften är kyligare nu. Kvällen är nära. Stjärnorna väntar.

Han samlar spott och låter spottet droppa genom luften. Ser gårdar och utspridda torp. Rök som stiger ur skorstenarna. Bäcksänkor. Isen med det svarta vattnet inunder. Åkerlappar med utsuddade gränser och skogspartier mjuka av snö. Vassen i sjön. Allt är stålfärgat. Han ser minst tre kyrktorn.

Jag är inte rädd, tänker han.

Jag kommer inte att dö.

(Dataskrivet brev)

Hej Per

Det blir ingen inspelning av kortfilmen Arnes stege i höst.

Jag är ledsen om jag har hållit dig på halster. Hoppas att det inte ställer till några problem för dig.

Efter fyra månader fick jag slutligen ett nej från Svenska filminstitutet och därmed har jag inte full finansiering. Beslutet föll på manuset som inte helt och hållet levde upp till konsulentens smak och blev därmed en stor käpp i hjulet. Det känns hårt efter lång tids planering, men sånt är livet.

Jag kommer att skriva om lite på manuset och söka på nytt efter årsskiftet. Jag hör av mig till dig igen om jag får ihop finansiering för Arnes stege. Och hoppas att du fortfarande är intresserad då.

Arnes stege är fortfarande ett drömprojekt som jag vill genomföra och du är definitivt den jag vill ska spela Arne.

Jag önskar dig en fortsatt trevlig sommar.

Hör av dig om du vill veta mer.

Daniel Burman

(Handskrivet brev)

Bäste Daniel

Mycket tråkigt. Men litet att göra.

Du verkar en som inte ger upp i första taget.

Ber om ursäkt med blyertsen. Datorn har pajat.

Mina bästa hälsningar

Per Oscarsson

Per Oscarsson och hans hustru Kia Östling Oscarsson omkom då deras bostad totalförstördes av en brand natten mellan den 30 och 31 december 2010. Deras kvarlevor kunde identifieras med hjälp av rättsodontologi.

2017 drabbades filmaren och författaren Jens Daniel Burman av en massiv hjärnstroke med permanent halvsidesförlaming och expressiv afasi som följd. Han var då 38 år. Denna bok skrevs före stroken men har redigerats av honom efteråt med lite hjälp av hustrun.

Livet är skört.